CHAPITRE 1 : Une blessure très profonde

La vie ne vaut rien, mais rien ne vaut la vie...c'est une de mes phrases préférées !
Il est parfois très dur de s'accrocher, devant le vide immense que l'on peut ressentir en soi, mais rien n'est plus merveilleux que de se sentir vivant ! Ce récit, je le fait sans artifice, je me dévoile à vous sans maquillage. Certaines pages vont vous sembler dures, j emploie les mots qui me semblent justes. Je ne cherche pas à empirer les choses, ni à les enjoliver. Ce livre, c'est moi Peut-être que certains d'entre vous vont m'aimer, d'autres, me détester....Cette publication est avant tout l'exorcisme de mes vieux démons, un besoin. Je décide de jeter mon fardeau sur ces pages blanches, je souhaite me sentir plus légère. Cette envie, je l'ai depuis longtemps. Aujourd'hui, j'ose enfin....

Moi, Lola , née le 8 novembre 1968, à Albi, préfecture du Tarn, de parents trop jeunes pour veiller correctement sur moi.
Ce 4 décembre 1969, me voilà moi, assise sur cette table de cuisine, emmitouflée dans mon petit blouson vert, entourée d'une assistante sociale et de ceux qui vont devenir mes parents de cœur. Je me demande sans doute ce que je fais là. Je dois être assez désorientée.

Marie et Pierre, ont l'âge d'être mes grand-parents, mais cette petite fille que je suis alors, n'a sans doute qu'un seul besoin à ce moment précis, des bras réconfortants ! Ils sont bruns tous les deux. Il a des traits doux et sévères à la fois. Elle a l'air aimante et chaleureuse, mais très directe.

Mon père et ma mère biologiques, sont presque deux adolescents lorsque je viens au monde, elle a dix sept ans et lui dix neuf ! Elle croit sans doute encore au prince charmant.
Pas de conte de fée en perspective.....

Elle mettra au monde trois petites filles dont elle n'aura la garde que très peu de temps. Pas d'argent, abrités dans des logements de fortune insalubres, les services sociaux ne tardent pas intervenir.

Je ne me souviens pas de ce que l'on peut ressentir lorsqu'on est séparée de sa mère, mais ce sentiment d'abandon persiste tout au long de sa vie, donnant naissance à une peur constante de perdre les gens que l'on aime et entraînant diverses pathologies psycho-somatiques, dont je parlerai plus tard, en bref, ça pourri toute une existence ! L'inconscient possède des fichiers, des images que l'on ne peut pas effacer. Il faut juste apprendre à vivre avec son passé. Il faut souvent lutter pour le laisser derrière. Parfois cela s'avère ardu, parfois même impossible. Le cerveau humain est la chose la plus complexe que je connaisse.

Je me raccroche alors à ma maman de cœur Marie, comme une naufragée s'accroche à une branche, avec toute la force du désespoir ! Je suis une enfant, timide, renfermée, qui vit très mal tout éloignement avec elle. Je vis ma scolarité comme une torture ! Je ne sais pas si les autres enfants me sentent faible, mais je suis sujette à des moqueries et je deviens vite le souffre douleur préféré de deux de mes camarades de classe, Sophie et Jean-Michel.

Sophie me plaque contre les murs de l'école maternelle, elle est grande et plutôt forte alors que je suis petite et chétive. Jean-Michel l'accompagne mais lui, se moque de mon physique.

Le pire c'est que ce petit « abruti » m'a suivi presque tout au long de ma scolarité, entraînant les autres garçons à se moquer de moi. Je suis châtain, ma peau est mate. Mes joues sont rondes malgré ma maigreur. J'ai sur le visage, ce petit air timide et réservé qui me suivra longtemps.....Marie me coupe les cheveux elle-même, ce qui donne parfois un résultat un peu improbable.....le style « Jeanne d'Arc ».

Je me trouve laide, bien évidemment et cela renforce encore plus ma timidité ! Je crois que le pire c'est ma sixième ! Mes parents biologiques ont des origines diverses : ma mère à des racines franco-caucasiennes et mon père franco-vietnamiennes. Ce qui me donne un physique un peu atypique. Il faut se dire qu'à cette époque là le racisme, c'est quelque-chose !
Lorsque je rentre dans la classe, les garçons se mettent à ricaner et certains disent :
- tiens !voilà Babouin ! Je ne peux expliquer ce que je ressens à ce moment là, ni quelle est ma souffrance, tout ce que je sais c'est que j'aimerai disparaître !

Il n'y a qu'à la maison où je me sens bien, avec ma famille d' accueil, avec Pierre et Marie. Nous habitons dans une impasse, 4 rue du Stade à Carmaux. C'est un quartier paisible, je ne suis heureuse que dans cet endroit, je m'y sens acceptée telle que je suis, ici personne ne m 'appelle Babouin et je mène une existence paisible et normale.
Mes parents de cœur ont trois filles biologiques, Jeanne, Marie-Paule et Elise . Elles sont bien plus âgées que moi et sont déjà mariées, mais j'ai vécu avec deux d'entre elles durant quelques années, avant leur mariage. La plus vieille étant déjà mariée à mon arrivée en 1969, je l'appelle curieusement tati.

Ma vie va s'écouler jusqu'à mon adolescence, dans cet étrange paradoxe. Le paradis chez moi, l'enfer au collège. Je me souviens encore de mes nausées avant de partir à l'école ! Elles ne me quittaient pas de toute la matinée. Je ne sais pas combien de fois j' ai dû réprimer un haut de cœur après le petit déjeuner, ni combien de fois j'ai failli demander à mon professeur de sortir pour aller vomir. Je souffre de phobie scolaire.

Je suis toutefois une bonne élève, une des meilleures de ma classe. Personne ne me pousse à étudier, je rentre et la première chose que je fais, je me mets à mes devoirs, je suis très studieuse. Je suis souvent dans les trois premiers de la classe.

Il m »arrive quand même de m'amuser, j'adore rejoindre mes petites voisines. Christel, Karine, Christine, Céline, Marie-France et plus tard Marie-Dominique dites Mado.
Nous construisons des cabanes, jouons aux « trois drôles de dames » et surtout, j'essaie de préparer des spectacles dés que je le peux, car j'adore le théâtre et les comédiens !
Je suis capable d étudier des pièces de Molière presque entières à l'âge de neuf ou dix ans. Mais mes amies ne partagent pas ma passion et mes « créations » tombent souvent à l'eau.

Paradoxalement, si au collège je suis le souffre-douleur, dans mon quartier à cette époque, je suis plutôt la meneuse, le chef de troupe et je perçois parfois avec bonheur une sorte d'admiration de la part de mes amies, elles se disputent parfois pour être celle qui sera la plus proche de moi.

Je suis élevée comme une enfant unique, mes sœurs biologiques et moi, vivons dans trois familles d'accueil différentes, chose assez stupide, je l'avoue ! Je crois que je n'ai eu de cesse dans ma vie, de reconstruire cette famille disloquée !
Marie et Pierre sont agrées à La.Dass, ils accueillent parfois des handicapés ou des enfants en difficultés dont je suis très jalouse . Par la force des choses, je suis très possessive.

CHAPITRE 2 : Premiers amours

Nous avons tous un premier amour, celui qui nous à marqué, qui doit souvent être le plus beau et celui qui souvent, conditionne nos futures relations et pour ma part je ne peux que dire : hélas !

J'ai neuf ans, par ce bel après-midi, je suis seule dans mon impasse, pour je ne sais quelle raison, mes copines ne sont pas là, je ne me souviens plus pourquoi. En face de chez moi, il y a un stade de foot, dont nous sommes séparés par un grand mur de briques rouges.

Il y a des poteaux électriques qui font offices d'échelles et je monte souvent m'asseoir sur ce mur, c'est une sorte de terrain de jeux aussi, nous jouons aux funambules en marchant en équilibre dessus. Je me sens seule, je n'aime pas ça. Je déteste m'ennuyer, je suis du genre active, un peu garçon manqué. J'adore monter aux arbres et faire du vélo, j'ai un corps plutôt fin et athlétique. Je suis assise en haut de ce mur, à deux mètres du sol environ, je jette parfois un coup d'œil au bout de l'impasse au cas ou mes copines arrivent.

je vois apparaître une frêle silhouette, un garçon que je ne connais absolument pas. Je suis curieuse mais pas très à l'aise, je n'ai pas de très bons rapports avec les garçons, comme j'ai pu le décrire . Il s'approche de plus en plus vers moi, je suis perplexe : que dois je faire ? Que veut-il ?
Va t'-il lui aussi me dire que je suis moche ? M'appeler Babouin ? Je ne suis pas très rassurée ! Pourtant, contre toute attente, il grimpe au poteau électrique lui aussi, s'assoie en face de moi et me demande mon prénom :

- tu t'appelles comment ?

- Lola et toi ?

- Je m'appelle Raphaël

Je pense que nous avons échangé d'autres paroles, mais honnêtement, la seule chose dont je me souviens, c'est de mon cœur qui bat la chamade et de ses immenses yeux bleus .
Je viens de vivre le premier coup de foudre de ma vie. Depuis mon enfance j'ai un amoureux secret à l'école, je le connais depuis la maternelle, il est châtain, les yeux verts, mais je n'ai jamais osé lui avouer ma flamme, il s'appelle Laurent et c'est un des rares garçons qui est correct avec moi . Mais je crois que je viens de laisser Laurent de côté a cet instant même !

Les jours qui suivent, je ne pense qu'à Raphaël, ses grands yeux bleus, son tout petit nez, un gavroche ! Il a des faux airs de Mikael J,Fox, l'acteur de retour vers le futur. J'apprends qu'il est le cousin de mes voisines, Christine et Céline.

Trois années sont passées depuis mon coup de foudre.
Je rentre au collège, plus trop de nouvelles de Raphaël, mais une nouvelle amie, Mireille, elle est dans ma classe, nous nous entendons très bien, comme je l'ai déjà dit, l'ambiance dans la classe, n'est pas au beau fixe pour moi. Humiliations et moqueries en tout genre.
Ce mot : babouin résonnera longtemps dans ma mémoire, comme une chose honteuse que je n'ai jamais avoué avant aujourd'hui, à mes proches. Quelque-chose qui blesse au plus profond de l'âme. Je me considère déjà différente des autres, je ne porte pas le nom des gens qui m'élèvent, je ne sais même pas quelle tête peut avoir mon père biologique, je viens d'apprendre qu'il est en prison la majorité du temps. Je connais ma mère qui a refait une brève apparition dans ma vie lorsque j'avais sept ans, mais j'y reviendrai un peu plus tard....

Je suis mal dans ma peau, je ne m'aime pas, à la maison, ma famille d'accueil, croyant peut-être bien faire, n'arrête pas de critiquer ma vraie mère, en répétant à tue-tête qu'elle m'a abandonné, qu'elle ne m'aime pas, que ce n'est pas une mère, dont je me suis mise à la rejeter, croyant ce que j'entendais et pensant aussi trahir ces gens qui s'occupaient de moi a la place de cette mère cruellement absente.

Mais dans mes déboires, je crois que les amitiés profondes que j'ai eu la chance d'avoir m'ont aidé à survivre.

Quelques jours après, nous jouons au volley-ball dans la cour du collège entre filles ; nous pratiquons le sport séparément des garçons, mais nous apprenons que Laurent est tombé et c'est fait une vilaine blessure. Puis les jours passent, les mois, il ne revient plus en cours. Personne ne nous dit rien, je me pose toutefois des questions, sans oser les poser aux professeurs. Un beau matin, Laurent revient, amputé d'une jambe. J'ai eu profondément mal au cœur pour ce garçon, si gentil, si doux, si doué pour le sport ! Il a tout juste douze ans, quelle tristesse ! Une petite égratignure et sa vie bascule, il a développé une grave septicémie, ce que l'on appelle plus simplement une gangrène.

Puis à nouveau, il ne vient plus en cours. Le sous- directeur du collège vient un jour nous demander si nous voulions lui rendre visite chez lui, mais je n'ai pas bien saisi l'erreur que je fais en refusant de m'y rendre, je ne perçois pas la gravité de son état et pour être honnête, je ne souhaite pas me retrouver avec tous ces idiots qui m'humilient à tout va et me traitent de singe !

Je me souviens de cet instant . Ce moment cruel où un professeur nous annonce son décès. Je ne réalise pas de suite, mais soudain je me rappelle que je le connais depuis toujours, qu'il a été mon premier coup de cœur et que je ne lui ai pas dit adieu. Ce jour là, j'arrive à la maison et je cours m'enfermer dans ma chambre ou je pleure et me retiens de ne pas crier. J'ai douze ans, c'est le premier vrai chagrin de mon existence.

Quelques temps après, Christine et Céline arrivent ravies chez moi et m'annoncent que leur cousin Raphaël et sa famille viennent habiter dans le quartier, je suis heureuse ! Cela me remet du baume au cœur. Je ne sais pas encore à quel point cette arrivée va bouleverser ma vie !

CHAPITRE 3 Elisabeth et Lucien

Ce jour là, une assistante sociale vient à la maison et me demande sans trop de ménagement.

si je veux voir ma mère biologique Elisabeth. J'ai sept ans, je ne suis qu'une petite fille en manque de reconnaissance , je suis curieuse comme tous les enfants, donc je suis d'accord pour la rencontrer. Il faut dire que mes parents biologiques ont soudainement arrêté de me rendre visite alors que je devais avoir deux ans et que je n'ai absolument aucun souvenir d'eux donc je suis tout de même surprise par cette nouvelle

Le jour J arrive enfin, je suis impatiente ! Voilà, elle sonne, elle est là devant moi, comme elle est belle ! Très brune, mince, perchée sur de hauts talons, très féminine, je suis impressionnée ! Je me demande comment une aussi belle créature à pu mettre au monde une fille aussi laide que moi !

Elle me propose de m'amener avec elle pour la journée, nous allons chercher mes deux sœurs, Mylène et Stéphanie et nous nous rendons à Albi, au Parc Rochegude. Ensuite nous déjeunons chez une de mes tantes.
Ma mère me semble gentille et attentionnée, mais le mot maman ne sort pas de ma bouche. Je me sens déloyale envers Marie.

Je ne sais plus ce qu'il c'est passé après, je ne me rappelle pas l'avoir revu avant mes douze ou treize ans. La chose dont je me souviens le plus, c'est cette frustration que je ressentais, lorsque j'annonçais à tous mes amis qu'elle passerait me chercher au collège et qu'elle ne venait pas.

Quand à Lucien, mon père biologique, il arrive sans crier gare dans ma vie ! Il est environ 18h, ce soir là, lorsqu'il se présente devant notre porte. Je vois cet inconnu qui s'effondre en larmes devant moi, en me répétant sans cesse que je ressemble à ma mère. Je ne sais vraiment pas quelle réaction avoir. Tout me semble si bizarre. J'ai douze ans, je ne le revois que huit ans plus tard....Il n'y aura jamais de régularité dans mes rapports avec lui.

Je ne vais pas écrire un long chapitre sur cette partie de ma vie avec mes vrais parents, j'y reviendrai sans doute sur d'autres pages, mais je me suis promis que ces écrits ne seraient pas un règlement de compte avec eux. J'ai besoin d'écrire mon histoire pour exorciser certains démons, je ne veux pas en faire un tissu de reproches. J'essaie de leur pardonner Lucien, mon père est décédé et j'ai depuis des années d'assez bons rapports avec ma mère Elisabeth. Ces rapports restent complexes et fragiles de mon côté, mais je m'efforce d'être dans le pardon. Mais pour vraiment être honnête avec mes futurs lecteurs et moi-même, je suis obligée par moment, d'évoquer certaines souffrances et déceptions ressenties à leur égard.....

!CHAPITRE 4 : Quand soudain tout bascule.

Je suis heureuse, Raphaël est arrivé ce matin avec ses parents !Je vais enfin mieux le connaître ! Je suis fébrile, j'attends Christine et Céline, elles doivent me tenir informée. Depuis le temps que j'attends ça ! Enfin les voilà ! Et il est avec elle ! Je crois que c'est le premier garçon qui me fait autant d'effet ! Et j'ai bien perçu au cours de notre première rencontre que c'était peut-être réciproque !
C'est le début des vacances d'été, nous avons deux mois pour bien nous connaître !
Nous nous disons timidement bonjour et nous escaladons tous le mur, par le fameux poteau électrique ou nous nous sommes connus lui et moi, puis nous sautons dans le stade.
Devant ses cousines, il dit qu'il me trouve belle ! Je suis aux anges ! Moi belle ? C'est bien la première fois que j'entends ça !
Je n'ai jamais embrassé quelqu'un, nous nous contentons d'échanger des petits mots ou il me dit « je t'aime » mon cœur tape, je suis sur un nuage, comme on peut l'être à cette âge lorsqu'on est amoureuse et qu'on croit encore au prince charmant !

Nous allons à la piscine lui, ses cousines et moi, nous passons chaque jour de ce bel été ensembles. Sans doute à ce moment là, un des plus bel été de mon existence !

Puis toute belle chose à une fin, les vacances s'achèvent, le collège reprend. Nous n'avons pas encore échangé de baisé Marie-Dominique que nous appelons tous Mado refait soudain son apparition parmi nous . C'est une autre de mes voisines, mais elle ne vient pas très souvent dans mon impasse. .
Courant septembre, elle flirte avec le cousin de Raphaël et c'est tout naturellement que nous nous retrouvons sous les tribunes du stade, où j'embrasse mon amoureux pour le première fois.

A la maison, l'ambiance est bizarre, mon papa de cœur Pierre a brusquement changé. Lui, si gentil et effacé d'ordinaire, commence à devenir très pénible avec moi. Il ne supporte pas tous ces garçons autour de moi. Il devient soupçonneux, guette tous mes faits et gestes

fouille dans mon journal intime. Cela devient très oppressant. Il divague, me dit que je vais finir comme ma mère, il c'est fait opérer de la vésicule et à souffert d'une éventration.. Depuis, les efforts lui sont déconseillés, il ne peut plus rien faire, il ne se supporte pas. Il passe ses journées à nous casser les pieds. Cela devient de plus en plus étouffant.

De son côté Raphaël change aussi. Il devient plus distant avec moi, même désagréable, drague d'autres filles devant moi. Il me parle parfois méchamment, mais moi comme une imbécile je reste amoureuse de lui !

Quelques mois passent, j'ai treize ans, ma relation avec lui c'est un peu , « je t'aime moi non plus » tantôt gentil avec moi, tantôt épouvantable lorsqu'il est avec ses copains, il devient vraiment idiot !

A la maison, l'ambiance est quasiment irrespirable Pierre devient épouvantable avec moi, il est toujours derrière mon dos, il est toujours derrière moi, il me persécute. il me rend responsable de tous ses maux. Il prend des médicaments pour l'angoisse, c'est de ma faute, un document disparaît c'est de ma faute. Il franchit de plus en plus les limites du non respect avec moi. Il finit par m'insulter de pute, me hurle dessus, me dit que je me fait sauter sous le pont par pleins de mecs (ce sont ses propres mots). Je ne comprends rien à son comportement! Je ne suis pas irrespectueuse, mais je commence à me défendre un peu, bien sûr, il ne supporte pas et la maison se transforme en champs de bataille, de conflits permanents. Marie est triste mais elle ne manifeste rien. Si ce n'est une larme qui coule parfois sur sa joue lorsque son mari et moi nous nous disputons. Elle reste neutre et silencieuse. Sa vision des choses se résume en quatre mots : « Ne lui répond pas ! » Je ne peux pas, j'en suis incapable. Je trouve ses attaques injustes et vides de sens ! Il me dit souvent que je vais finir comme ma mère Elisabeth !

Parfois il rentre dans la salle de bain lorsque je me déshabille, dans les toilettes, je ne peux pas m'enfermer, il enlève et cache toutes les clés des portes. Il contrôle tout, même la quantité d'eau que je fais couler dans mon bain. Il m'interdit de lire le soir, car l'électricité coûte cher ! Le son de la musique est toujours trop fort. Il est devenu comme ça, depuis qu'il est entré dans ma chambre sans frapper et qu'il m'a surprise entrain de me regarder dans mon miroir, nue. Il faut dire que je suis très bien formée pour mon âge, j'ai déjà un corps de femme, je suis très bien faite, fine, musclée, une poitrine ferme et voluptueuse.

De fil en aiguille, je n'ai plus aucune motivation pour ma scolarité. Je ne comprends pas ce rejet permanent de la part de mon père de coeur, je ne comprends pas pourquoi sa femme le laisse faire. Tous mes vieux démons reviennent, je me sens mal, perdue, tous mes re repères sont entrain de s'effondrer. Je rentre à la maison le plus tard possible, juste pour souper et monter dans ma chambre. Comment peut il me traiter de pute alors que je n'en suis qu'à mon premier baiser ?

Je commence à déprimer, à ne plus trouver de réel sens à ma vie, à mes études. Je sèche les cours. Cette école buissonnière va me causer d'irréversibles torts !

C HAPITRE 5 : Le viol

Il fait beau, je n'ai pas envie d'aller en cours cet après-midi. A vrai dire, cela tombe bien ! Je viens de croiser Raphaël et sa bande de copains et ils me proposent de sécher les cours avec eux, je suis plutôt enthousiaste. Je me dis que j'ai sans doute une chance de le reconquérir. Pauvre imbécile que je suis !

Nous décidons d'aller au bord d'une rivière, pas très loin de notre quartier. Je monte sur sa mobylette, je me sens bien derrière lui, il sent bon ! J'ai toujours aimé l'odeur de la lessive qu'utilise sa mère, je sais c'est bête, mais quand on est amoureuse, c'est bien connu on est parfois stupide !

Nous voilà arrivés dans ce pré que je connais par cœur, je m'y suis rendue bien des fois avec mes copines. Ils posent leurs mobylettes, je m'assoie un peu en retrait pour chercher quelque chose dans mon sac et je les entend chuchoter derrière moi... « on la chope ? » Je pense à une plaisanterie, je n'en tiens pas vraiment compte. Pourtant quelques minutes après ils sont près de moi et ils commencent à me soulever.

Ils m'entraînent un peu plus loin, et la ils commencent à me déshabiller. Ils sont cinq, je ne peux absolument rien faire ! En moins de temps qu'il n'en faut pour le dire, je me retrouve nue face à cinq ados complètement fous ! Je suis terrorisée ! Que vont ils me faire ?
On m'oblige à embrasser l'un d'entre eux, je suis nauséeuse, j'ai envie de vomir ! Il a les dents pourries, il me débecte ! Deux me tiennent les bras, deux m'écartent les jambes et Raphaël leur dit :

- Regardez moi ça comme c'est beau ! Ils sont là à scruter mon intimité sous toutes les coutures ! Je me sens humiliée, perdue, j'ai vraiment peur, je panique ! Raphaël se livre à des attouchements très maladroits qui me font mal, il me blesse avec ses ongles en essayant de me pénétrer avec ses doigts. Je ne peux rien faire ils m'écartent les jambes fermement. Je finis par hurler si fort qu 'ils me mettent de l'herbe dans la bouche, ce qui manque de m'étouffer. Et là je fais pratiquement une crise de nerfs. Je ne sais pas s 'ils ont peur de ma réaction hystérique, mais ils me lâchent enfin ! Je pars en pleurant, à moitié habillée. Tout se qui compte pour moi c'est de partir très vite de là ! Je me rhabille en chemin et je n'ai qu'une peur, c'est qu'ils me rattrapent.

Je rentre chez moi, je ne le dis à personne. A quoi bon ? C'est sans doute de ma faute. Mon père adoptif me répète tous les jours que je suis une pute, il doit avoir raison. De toutes façons si je lui en parle, je crois qu'il va me tuer ou me jeter dehors. Il ne voudra plus de moi. Et moi, je n'ai personne !

Par la suite je commence à détester mon corps, je m'habille au rayon homme, j'achète des pulls de taille XXL pour cacher la moindre de mes formes. Le mari de ma sœur Elise me colle aussi d'un peu trop prés... durant toute mon adolescence, il passe son temps à essayer de me toucher, j'essaie d'éviter de me retrouver seule avec lui. Je n'ose rien dire. Marie, lui demande souvent de m'amener à droite et à gauche à la fin des repas, il ne s'entend pas avec Pierre et cela fini toujours par dégénérer ! C'est une façon de calmer le jeu. J'essaie d'esquiver cette situation, mais il n'y a rien à faire ! Personne ne se doute de quoique ce soit. J'adore Elise, je ne veux pas briser son mariage, ni lui faire de la peine !

CHAPITRE 6 : La déchirure

Ces horribles humiliations ne s'arrêtent hélas pas là ! J'ai treize ans, je ne peux pas rester cloîtrée a longueur de temps, je ne suis pas faite pour ça.
De toutes façons, à la maison c' est devenu trop invivable ! Je ne supporte plus les insultes et la persécution de Pierre ! Je n'ai plus de patience, sans doute à cause de ce qui c'est passé avec Raphaël , qui je vous le rappelle est mon voisin....Je suis obligée de le croiser, de croiser ceux qui m'ont fait « ça, » pratiquement tous les jours, car toute la bande du quartier se réunie en bas du pont et je suis obligée de passer par là pour rentrer du collège.
Mes copines sont là elle aussi, que dois je faire ? Je suis mal chez moi, mal partout !
Lorsque je passe sur ce pont Raphaël et ses amis me traitent de salope, quand j'arrive à la maison je me fais traiter de pute. Je n'en peux plus !

Je vais au stade avec mes amies, je me dis que là je ne risque rien, c'est juste en face de chez moi ! Puis dans le fond, je ne m'aime plus du tout, je n'ai plus aucune estime de moi, Personne ne me respecte, donc c'est sans doute parce que je ne suis rien ! Et là ils reviennent, Raphaël et sa bande. Ils m' entraînent dans un coin, me dénudent et essaient de me pénétrer avec des petites branches d'arbres, de me pénétrer avec leurs doigts, des choses atroces, comme la dernière fois. Je réussi à m'échapper par miracle.

;

Pourquoi je ne dis rien ? Pourquoi je subis tout cela ? Parce que nous sommes en 1982, pas encore en 2016. Les mentalités sont différentes, j'ai honte et je pense que tout est de ma faute et parce que je n'ai que treize ans ! Parce que je vais faire honte aux gens que j'aime ! Parce que je pense déjà que je suis responsable de l'attitude des hommes à mon égard.

Nous sommes la même année je viens de faire connaissance d'un nouvel ami ; il s'appelle Nicolas et je suis en classe avec lui. Je lui plais, mais je ne vois en lui qu'un copain.
Il est beau pourtant, mais ça cela ne s'explique pas ! Nous sommes devenus inséparables en très peu de temps. Comme un frère et une sœur. Nous adorons rire, nous faisons les quatre cents coups, mais rien de bien méchant.....Il à été amoureux et j'ai bien essayé mais je n'éprouve qu'une forte amitié pour lui et vous verrez par la suite que c'est bien mieux comme ça!A présent nous sommes les meilleurs amis du monde, très fusionnels et ,Raphaël ne m embête plus ! Nicolas me ramène en mobylette chez moi et je ne sais par quelle magie, Pierre l'accepte !

Aujourd'hui, j'ai une autre bande de copains, Nicolas, Nadège, Samira et je me sens bien mieux ! A la maison c'est toujours pareil, même pire ! Je me rebelle, alors on me dit que je me drogue, ou que je suis possédée ! Je suis le diable en personne ! Mais ma petite bande d'amis me fait du bien, on rit tout le temps ensembles ! Ce qui me sauve ? : je suis un petit clown rêveur un peu utopiste.

Ce qui me perd et me perdra encore des années plus tard c'est cette faiblesse, ce talon d'Achille qui me fait pardonner l'impardonnable, ce manque d'estime de soi. Cette petite voix qui me dit que je ne vaus rien, que je mérite tout ce qui m'arrive.

Il a fallu que je reparle a Raphaël juste parce que son grand frère a alerté leurs parents. Ceux ci l'ont forcé à venir me présenter des excuses, ce qu'il à fait, bien malgré lui je suppose ! Voilà comment c'est réglé mon infortune !

Un après-midi, alors que nous sommes désœuvrés, nous commettons une énorme bêtise ! Raphaël, Nicolas, un ami à lui et moi nous partons nous promener et nous tombons sur une maison qui à l'air vraiment abandonnée. Je ne sais pas ce qui nous prends, nous essayons d'y pénétrer, et Raphaël pour une raison que j'ignore commence à balancer les tuiles d'un petit toit. Et voilà ! le voisinage appelle la police, direction commissariat. Pour Pierre je pense que c'est la goutte d'eau, ou le bon prétexte, toujours est il qu'il à adressé une lettre à mes éducateurs stipulant que lui et Marie ne voulaient plus de moi ! Direction juge des enfants et placement direct dans un foyer de filles à quatre vingt kilomètres de chez moi ! Il est même question à un certain moment, de m'orienter vers une maison de correction, Pierre brosse de moi un portrait très erroné, me rendant responsable de tout, décrivant mon caractère survolté à tous mes éducateurs, alors que c'est lui qui me pousse à bout, par loyauté, par amour pour lui, je ne parle pas de son comportement avec moi à qui que ce soit, je supporte tout, cela devient une habitude !

Cette période est un cauchemar dans ma vie ! Cette séparation avec Marie qui qui m'accompagne tous les dimanches soirs à la gare et qui laisse ses larmes couler dès que le train démarre, c'est quelque chose qui me détruit, pire qui m'éteint Je suis éteinte ! On m'a fait la pire chose que l'on pouvait me faire, on m'a séparé de ma maman de cœur, de mes amis, c'est une énorme déchirure, un second abandon ! Je lui en veux de ne pas se rebeller, de ne pas calmer ma souffrance comme lorsque j'étais petite. Mais la machine administrative est enclenchée, elle finira par être licenciée, elle perdra son agrément d'assistante maternelle. Le motif : ils deviennent trop vieux pour gérer un enfant.

CHAPITRE 7 Mes vieux démons

Après ce parcours chaotique, autant dire que j'ai un peu peur d'aimer et que je me sens un peu perdue. La peur de l'abandon est très présente chez moi, la peur de m'attacher aussi. Je viens de passer deux ans à Mazamet, dans un foyer de filles. Ma famille d'accueil à parfois refusé de me prendre durant certaines vacances pour éviter les conflits dont tout de même, je n'étais pas responsable à la base, ma mère Elisabeth m'a également laissé en plan, mon père n'est pas paternel pour deux sous. J'ai passé trois semaines dans un camp en Charentes Maritimes ou il y a eu un mauvais approvisionnement de nourriture et ou on à pratiquement crevé la dale ! Me voilà au foyer départemental de l'enfance d'Albi. Je souffre, je me sens rejetée par le monde entier, pas du tout aimée, je ne veux pas rester ici, au milieu de tous ces gamins à problèmes ! De tous ces gamins à problèmes... comme moi. Pourquoi je finis ici ? Je croyais avoir une famille, des repères, en fait je n'ai rien ! Ni de parents biologiques, ni de parents adoptifs ! De toutes façons, je refuse de voir Elisabeth car elle n'a pas voulu me sortir du foyer de filles de Mazamet. A mes yeux elle m'a encore

abandonné, je ne veux plus la voir ! Elle est venue m'y rendre visite, simplement parce
que les éducateurs l'ont alerté de mon état dépressif, je me rappelle...je suis assise devant
elle, perdue, sans plus de repère, je pleure et je la supplie de me sortir de là, elle me dit
que j'ai bientôt 16 ans, que les démarches pour récupérer ma garde vont être très longues
et que je serai majeure, cela ne vaut pas la peine.J'apprends plus tard par mes éducateurs
que mon placement est provisoire depuis toujours et qu'elle peut me reprendre quand elle le
désire... mais son compagnon de l'époque ne veut pas de moi, ni de mes sœurs.
C'est une blessure que je ne peux pas oublier.

J'ai dix sept ans, dans quelques mois, je suis majeure. Je me dis : fini La Dass ! Fini les
éducateurs ! Je ne réalise pas que je devrai parfois les écouter, qu'ils me veulent du bien !
Je suis trop meurtrie, trop malheureuse, trop vide et trop seule pour avoir la moindre objectivité.

Fin 1987, après une rupture très pénible, je prends un appartement, j' effectue quelques heures
à l'hôpital d'Albi, je me sens épanouie dans cet emploi, j'ai la sensation d'avoir trouvé ma
vocation. Je veux être aide-soignante, me sentir utile, aider les autres. Je donne tout ce que
j'ai dans les tripes, je remplace même des employées le week-end ! Mais malgré tout
cela mon contrat CDD prend fin et n'est pas reconduit. Je suis très déçue !

Ma vie devient alors un mélange de galère, de fêtes et de solitude. J'héberge n'importe
qui pour éviter de me sentir seule. Je vois toujours Nicolas qui est et restera mon
meilleur ami pour la vie. Il à d'ailleurs eu la « bonne idée » de faire une tentative de
suicide avec du valium, de prendre sa voiture et de venir s'effondrer chez moi !
Un vrai appel au secours qui m'a brisé le cœur ! Il éprouve une grande souffrance,
celle que ressent un homosexuel qui refuse de décevoir ses parents.
Je sors beaucoup, mais je ne suis jamais ivre ! Je ne bois pas. Un où deux whisky coca
et c'est tout. Je n'aime pas particulièrement l'alcool.

C'est dans ce contexte un peu festif que je rencontre Yannick, un beau garçon à
l'allure athlétique, grand, charmant, châtain avec de magnifiques yeux vert-jaune.
Un regard particulier, une grande réserve, il est gentil en plus ! Tout à fait mon genre
d'homme ! Je crois que je comprends de suite qu'il est le futur père de mes enfants.
Nous avons un coup de foudre réciproque. Il a vingt ans, moi dix-neuf, nous devenons très
vite inséparables. Je suis en admiration devant lui, et mes copines aussi....Les choses
vont très vite entre nous, trop vite.....Nous nous marions un an après notre rencontre, le
3 juin 1989.

J''accouche le 29 novembre 1989 d'une magnifique petite fille que nous appelons
Coralie, je suis la plus heureuse des mamans, mais ce qui devait être la plus belle
chose de mon existence, se transforme soudain en cauchemar ! Mes vieux démons reviennent.
Il y a trop de monde qui passe dans cette salle, je me sens observée, je panique et j'ai du
mal à expulser ma fille. La sage femme, aidée d'une autre personne m'appuie sur le ventre
et la, en une fraction de seconde je revois mon viol ! La position des gens autour de moi,
ma position, mon sexe offert à la vue de trop de monde, je ne sais pas ce qui se passe soudain
dans ma tête, mais je ne vais pas bien du tout !

Je rentre à la maison, je suis très fatiguée, j'ai le baby-blues. J'ai peur de ne pas être à la
hauteur ! J'aime trop ma fille, j'ai tout le temps peur qu'il lui arrive quelque chose, tout le
temps peur de la perdre. Soudain, des blocages s'installent. Je n'arrive plus à avaler la

nourriture, je suis insomniaque, j'ai les nerfs à fleur de peau. Peu à peu, je m'enfonce
dans la dépression, durant quatre années, je ne peux pratiquement rien avaler de solide.
Rien ne veut passer, à part des yaourts que je mets une heure à manger en léchant
péniblement la cuillère.

Je finis par trouver un très bon psychiatre qui arrive à me débloquer de ce côté la, il
m'explique que je souffre d'un dérivé de l'anorexie, que c'est à la suite de mon viol et que
ne pouvant pas me fermer en bas, je me suis fermée en haut, pour obtenir une forme
de contrôle sur ma vie. Il aborde le sujet de mon papa de cœur, Pierre, me disant que cet
homme à dû me désirer mais qu'il c'est refusé à me toucher en me rejetant de toutes ses
forces. Que je dois garder en mémoire que c'est tout de même un homme bien, qui
à réussi à lutter contre ses pulsions. Cette thérapie m'a sans doute aidé sur le plan
alimentaire mais autre chose allait apparaître, une pathologie dont je suis restée prisonnière
durant vingt années de ma vie !

CHAPITRE 8 La rencontre de trop

En 1992, j'accouche de ma seconde fille, Aurore. L'accouchement se passe bien
mais depuis quelques temps, j'ai de très fortes angoisses, qui m'étranglent , surtout le
soir. Je mange à peu près normalement, mais je ne peux plus me rendre au restaurant.
A la sortie de la maternité, je reprends ma vie de maman et j'amène Coralie à
l'école, lorsque soudain, j'ai une angoisse qui m'oppresse la gorge, je n'arrive plus à
respirer, a me ressaisir, je ne sais pas ce qui se passe. Je viens de faire ma première
attaque de panique. Mon mari est dépassé par tout cela. Je pense qu'il est très amoureux
de moi, mais qu'il est incapable de me le démontrer. Il n'est pas expansif, il ne me
dit jamais « je t'aime ». Sa famille me critique sans cesse au lieu de me tendre la
main. Je me sens seule face à mes responsabilités de mère, j'ai vingt quatre ans, déjà
deux enfants, mes filles sont tout pour moi. Aurore est un magnifique bébé, elle
à de grands yeux clairs et je suis folle d'elle, mais je ne vais pas bien.

Je le menace de le quitter, mais rien ne le fait réagir. Il n'entend pas mes appels au
secours, à ce moment là, j'ai vraiment besoin d' amour, de cet amour qui m'a tant
manqué dans ma vie. J'en ai besoin pour être une bonne mère, pour être rassurée
pour retrouver la force d'avancer. J'aime mes enfants par dessus tout ! Mes deux filles
sont tout pour moi, mais je sens que je m'enfonce, que je perds pieds, chaque jour
davantage. Personne ne comprend ma maladie. Pas même mon médecin ! Elle
me prescrit toutes sortes d'analyses, mais physiquement je me porte à merveille !

Je me sens très seule. J'angoisse de plus en plus. Je cherche une issue de secours, mais je ne la trouve pas. Je retrouve ce vide, que je ressentais parfois dans ma vie, ce vide qu'il me faut combler de façon presque compulsive.

Dans cette période trouble de ma vie, je fréquente un couple de voisins, Chantal et Gérard. Chez eux c'est un peu la maison du bon Dieu, il y a toujours du monde.

Parmi tous ces gens que je croise chez eux, un certain Marc. Il me plaît, il est plus âgé que moi, j'ai vingt quatre ans, lui trente deux. Il sort de prison à la suite d'une bêtise de jeunesse. Je suis très vite séduite par son allure, son apparence solide et protectrice, son côté voyou au cœur tendre.

J'éprouve cependant beaucoup de tendresse et de respect pour mon mari, et j'essaie de freiner mes pulsions du mieux que je le peux.

Mes sentiments pour Yannick ne sont plus les mêmes depuis un certain temps. Je ne peux pas dire que je ne l'aime pas, mais je ne suis plus amoureuse, la flamme c'est éteinte.

Je ne trouve pas assez d'affection et de passion dans mon mariage. Nous nous sommes peut-être connus trop jeunes et au mauvais moment.

Je sortais d'une rupture très douloureuse, j'aimais sans doute encore mon ex, je repensais souvent à lui, j'essayais de savoir ce qu'il devenait.

Peut-être parce que je ne retrouvais pas la même flamme chez mon mari.

Cet ex, c'est Jean-François, je l'ai connu au foyer de l'Enfance d'Albi quelques années auparavant et il a énormément compté pour moi.

C'est mon amour de jeunesse, celui que l'on oublie pas facilement, celui que l'on idéalise sans doute trop et qui reste longtemps irremplaçable, souvent à tort d'ailleurs !

Puis juste avant notre mariage, Yannick m'a menti, il m'a trompé, prétendant un cours de tennis avec sa belle sœur, que celle-ci a démenti quelques jours plus tard, alors que je lui demandait comment c'était passé la partie.

Je pense avoir de suite compris la trahison dont j'étais victime, mais je n'ai rien dit. Nous nous sommes mariés, mais déjà quelque chose c'était cassé en moi.

Je croisais souvent Marc chez mes voisins, son accent du Nord et sa voix me rappelaient Jean-François. Je me sentais de plus en plus irrésistiblement attirée par cet homme.

CHAPITRE 9 : L'adultère

J'habite quelques étages au dessus de ma famille d'accueil, dans un immeuble, à Carmaux proche d'inter-marché. Ils ont vendu la maison de mon enfance, lorsque j'étais pensionnaire au Foyer de filles de Mazamet.
J'ai toujours gardé de bons rapports avec eux, parce que malgré tout, je les aime et je leur suis reconnaissante de ce qu'il m'ont apporté dans ma vie.
Malgré ma souffrance profonde, je peux dire avoir vécu une jolie enfance grâce à eux. Ils m'ont donné un certain équilibre, une bonne éducation et des repères.
Je n'oublierai jamais cela !

Je suis comme ça, dans le pardon de tout, peut-être trop mais je ne peux pas changer de nature. Je ne veux voir que le bon côté des gens, sans doute parce que c'est plus rassurant.

Ils ont été de bons éducateurs, pourtant je ne me suis jamais sentie aimée.
Marie m'a donné de l'affection, mais je n'ai jamais entendu de « je t'aime ».
Adolescente, il m'arrivait de mettre ma vie en danger, de souhaiter avoir un accident pour voir la réaction qu'ils auraient.

Malgré tout cela me rassure de les savoir si prés de moi, je rattrape un peu mon passé chaotique et mon adolescence perdue, mais je ressens toujours ce vide en moi.
Pierre à parfois un drôle de comportement. Il a les premiers symptômes de la maladie d'Alzheimer.

Je vais toujours chez mes voisins Chantal et Gérard et bien sûr je croise toujours Marc. Notre attirance l'un pour l'autre n'est un secret pour personne, sauf pour mon mari, bien évidemment ! Je ne me pose plus de questions, j'ai envie de me sentir exister en tant que femme, j'ai besoin d'être aimée.
Après de longs mois de lutte pour étouffer cette attirance, je ressens le besoin de me laisser-aller.

Avec Yannick, cela ne va plus du tout, il décide d'aller passer une semaine dans un appartement que lui prête son père en prenant nos filles. Je lui dit oui, cela me permettra peut-être de me reposer et de réfléchir. Mais je sais où j'en suis
C'est sûr ! Je ne peux plus continuer à lui mentir

je dois prendre une décision !

Mon mari et mes enfants partis, je peux laisser libre cours à mon attirance pour Marc. Dans ma tête tout est clair, je vais divorcer, essayer de repartir à zéro avec mes filles, d'ailleurs, je vais l'annoncer à mon époux dés son retour.
Ma liaison extra-conjugale commence. Je ne me sens pas aussi libre et à l'aise que je l'aurai pensé, je ne suis pas du genre infidèle d'habitude. Je suis entière et je vis plutôt mal cet adultère.

Yannick, n'attends pas une semaine pour revenir, je pense qu'il a senti que quelque chose se préparait... D'ailleurs moi aussi. Je refuse de dormir avec Marc, je ne me sens pas très bien dans ce rôle de femme infidèle, je regagne donc mon appartement. J'avoue que subitement, une fois mon attirance comblée, je ne sais plus trop où j'en suis. J'ai envie de partir, j'ai envie de rester, tout se mélange dans ma tête.

Je repense aux paroles de Pierre : « tu es une pute ! » et je me dis qu'il n'avait peut-être pas si tort que ça. Après tout, je ne suis pas malheureuse dans mon mariage. Je ne suis pas heureuse certes, mais j'ai connu bien pire dans mon existence. Je suis partagée entre ma raison et cette attirance pour mon amant qui m'aide à me sentir vivante.

Je suis plongée dans toutes ces réflexions, lorsque j'entends la poignée de la porte d'entrée bouger. Je vais ouvrir, je sais que c'est mon mari, je ne suis pas surprise. J'ai besoin de lui parler, je suis malgré tout proche de lui, il est le père de mes enfants. Je me rends compte qu'il compte beaucoup dans ma vie, mais cette flamme manque, je suis une passionnée, je ne peux vivre sans cela. Pourtant je n'ai pas non plus très envie de le quitter.

Je lui avoue mon « crime » il pleure, il est très malheureux. Je ne l'ai jamais vu comme ça. Je suis touchée. Il est partagé entre la colère et le pardon. Il me parle de divorce, puis il se ravise et me dit qu'il m'aime trop, qu'il ne veut pas me perdre et nous décidons de donner une seconde chance à notre mariage.

Mais le destin en à décidé autrement et c'est sans compter l'intervention d'autres personnes, car dans cette histoire hélas, nous ne sommes pas seuls !
Mon beau-père est au courant de notre situation et Marc ne compte pas s'éclipser comme ça.

Le lendemain, mon amant est sous ma fenêtre, il a compris que je me suis ravisée.

Il est fan de Johnny et sans aucune gêne, devant les voisins médusés, il se met à

à entonner la chanson Laura en changeant ce prénom par le mien ! Je suis très gênée, mais à la fois, je me sens flattée. Moi qui suis passionnée et un peu fleur bleue, cette démonstration amoureuse me séduit au plus haut point.
Dans ma tête c'est à nouveau le désordre. Mon mari décide de faire monter Marc il me dit que nous devons avoir une discussion tous les trois et que je dois faire un choix. Un choix ? Je crois que justement je n'en avais pas envie. Je n'étais pas prête.

J'aurai peut-être voulu égoïstement que Yannick me laisse vivre ma liaison, me laisse prendre ailleurs ce qu'il ne me donnait pas.
Seulement la vie ne fonctionne pas comme ça !

Marc monte, nous commençons à discuter, et là mon époux dit une chose que je n'oublierai jamais et qui m'a beaucoup touché : « si tu me la prend, rend la heureuse, car si quelqu'un mérite d'être heureuse, c'est elle ! »
Encore aujourd'hui, je suis bouleversée par cette phrase !
Pourquoi n'a t'-il pas parlé comme ça avant ? Pourquoi attendre ce fiasco pour enfin s'exprimer ?

Je suis émue et je décide devant Marc de sauver mon mariage. Mais il suffit de trois petites minutes où mon mari s'éclipse dans la cuisine, pour que l'autre me retourne la tête. Il me supplie les yeux larmoyants de partir avec lui. Je suis une vraie girouette, en réalité je suis perdue dans mon manque d'affection et mon besoin de reconnaissance en dessus de la norme.

Je pense que mon époux ne m'aurait jamais cru capable de le quitter. Je l'ai menacé tellement souvent sans agir. Il n'a pas supporté que je parte.
Il a commencé à se servir de mes filles pour me faire revenir, en refusant de me les ramener. Je peux comprendre qu'il refuse qu'un autre homme élève ses enfants, mais j'ai tout de même besoin de les voir moi aussi.

Je décide donc de partir à Albi , revivre une semaine avec mon mari et mes enfants. Mais quelque chose ne va plus. Je veux mes filles mais je ne veux plus de lui. On se dispute sans arrêt. Je ne supporte plus qu'il me touche et je ne pense qu'à Marc.

Ce n'est plus possible ! Je repars à Carmaux dans un excès de colère, en réalité j'ai juste besoin de comprendre où j'en suis, j'ai besoin de souffler, de me retrouver. Depuis leur naissance, je m'occupe de mes filles 24 heures sur 24, je les aime par dessus tout mais je ne vais pas bien, je perds pieds avec ces attaques de panique de plus en plus présentes dans ma vie. J'ai l'impression de basculer dans le vide. Je ne sais plus où m'accrocher. Tout le monde me juge, même dans ma famille d'accueil, personne n'est là pour écouter mon désarroi. On me jette juste la pierre.

CHAPITRE 10 : Le chaos

Mes attaques de paniques prennent de plus en plus le contrôle de ma vie et ce bouleversement dans mon existence n'arrange pas les choses.
Les 17 kilomètres qui me séparent de mes filles me semblent être de plus en plus infranchissables.
Je suis agoraphobe, parfois il m'est impossible de parcourir un kilomètre à pieds sans que mes crises d'angoisse m'obligent à rebrousser chemin.
Pourtant je ne supporte pas l'idée de vivre sans mes enfants, j'ai besoin de repos mais la culpabilité me ronge. Je réunis toutes les forces qu'il me reste, je prends plusieurs sacs poubelles et je demande à Marc de m'amener les récupérer.
J'ai peur de mon beau-père, il est menaçant avec moi, il refuse que j'ai la garde de mes bébés et il habite a quelques mètres de mon mari.
La présence de mon amant me rassure.

J'arrive devant l'appartement que son père prête à mon mari, je frappe et sans dire un mot, je vais dans la chambres des filles, je mets tous leurs habits dans les sacs poubelles, puis, nous repartons. Yannick tient absolument à ce que je fasse une main courante pour signaler à la police que je reprends Coralie et Aurore Je fais donc ce qu'il me demande et je fonce à Carmaux chez ma sœur Stéphanie qui m'héberge gentiment.
L'appartement où nous vivions était au nom de mon époux, il a résilié le bail.
Je comptais y rester, mais je me suis vue contrainte de quitter les lieux, par la force des choses.
Qu'à cela ne tienne, je prends rendez-vous avec une assistante sociale, je lui explique ma situation familiale et quelques temps après je reçois un courrier, un T3 m'a été attribué.
Je suis ravie ! Mes filles et moi, nous allons commencer une autre vie.

Entre temps Marc me réserve une belle surprise ! Je viens de bouleverser toute ma vie pour lui et il m'annonce avec le plus grand calme qu'il soit , qu'il retourne avec son ex et que c'est elle qu'il aime. Ce n'était qu'un beau parleur. Mes amis ont eu de la peine pour moi.

Je me souviens de ce jour là comme si c'était hier ! Je suis encore chez ma sœur, mon appartement n'est pas encore disponible . Yannick m'appelle pour rendre visite à ses filles. Bien sûr j'accepte. Il passe un moment avec nous et lorsqu'il sort de l'appartement, Coralie crie « papa ! » Mes tripes se nouent, j'ai mal au cœur pour elle, pour lui. Je sors et je le rattrape, je lui demande s'il veut prendre les enfants jusqu'au lendemain, c'est mardi soir, il n'y a pas école. . Nous convenons donc de l'heure à laquelle il doit me les ramener le jour suivant et ils s'en vont tous les trois. Je viens de faire la plus grosse erreur de ma vie....

Nous sommes mercredi, mon mari à du retard, je m inquiète un peu mais je préfère ne pas me faire de fausses idées et lui faire confiance. Pourtant au bout d'une heure, je me dis qu'il abuse et que je vais lui passer un beau savon au téléphone .
Je l'appelle et là il me dit qu'il ne va pas me ramener les enfants, qu'il ne me les rendra plus jusqu'à notre divorce et qu'il va en demander la garde.
Je panique complètement, je me rends au commissariat de police pour demander de l'aide, mais la je m'entends dire que nous sommes encore mariés et qu'il a autant de droits que moi sur nos enfants, ils ne peuvent rien faire.

Pour couronner le tout je reçois des appels injurieux et menaçant de la part de mon beau-père, qui pour résumer me dit que je n'ai pas intérêt de mettre des bâtons dans les roues à son fils pour qu'il obtienne le droit de garde.
Je n'ai personne pour m'aider à ce moment là. Je suis agoraphobe. Mon champs d'action est très limité, je décide donc d'attendre une décision judiciaire.
Je ne suis pas trop inquiète. Pourquoi est ce que je n'obtiendrai pas la garde ?
Je décide donc de laisser trancher la justice.

Un doute m'effleure tout de même, je préfère aller parler à mon mari
Il veut que je réfléchisse, me demande de reprendre la vie commune
avec lui, il me donne un mois pour prendre une décision.
Je suis toujours amoureuse de mon amant, d'ailleurs entre temps, il est revenu
vers moi, son couple est du genre chaotique. Mais soudain, j'ai peur de tout
perdre, je perd confiance en moi.
J'ai un délai de un mois pour prendre une décision, je ne vais pas attendre,
cela fait trois semaines, mais ma décision est prise, je choisis ma famille.

Je me rends donc chez le père de mes enfants, pour le lui annoncer.
Nous faisons l'amour, j'avoue que c'est dur pour moi. Mais je dois penser à mon
rôle de mère. Mais je suis trop bête et trop franche, je ne peux pas m'empêcher de lui avouer
mon amour pour son rival. Toujours mon obsession de ne pas mentir !
Il m'annonce que de toutes façons, c'est trop tard, il y a quelqu'un d'autre dans sa vie.

Le jour du jugement arrive. J'essaie de rester confiante en attendant le verdict.
Là, je me retrouve à écouter en long et en large mon adultère, mes fautes de mère.
Mon avocate à déjà l'air d'avoir baissé les bras. J'ai honte, honte de moi ! Ma vie est étalée
devant cette juge que je maudirai jusqu'à ma mort.
L'avocat de mon mari ne tarit pas d'éloges sur lui, c'est un bon père, Coralie est scolarisée
depuis peu sur Albi, elles ont un équilibre, bien entendu je n'ai pas pu obtenir mon
logement sans mes enfants, donc je suis sans domicile fixe. Tout est contre moi et je
commence à voir se profiler la décision de la juge.

La garde provisoire est attribuée à.....Monsieur !
Je sais ce que veut dire garde provisoire en jargon juridique, c'est fichu pour moi !
Je baisse la tête, je n'entend plus rien, je sors du tribunal je ne sais pas comment,
mes jambes ne me portent plus, je marche comme un fantôme, au ralenti, je suis dans
un état second, je suis morte ! Je suis morte ce jour là !

Oui, j'ai eu besoin de reprendre des forces, oui j'ai laissé mes filles quelques semaines
avec leur père, je me suis occupée de ma fille aînée cinq ans de sa vie jours et nuits
J'ai choyé ma seconde fille durant presque deux ans, tout cela ne compte t'-il pas ?
Oui je suis agoraphobe, je souffre de problèmes psychologiques et je suis parfois un
peu fragile, mais je suis une mère, une vraie, maternelle et aimante ! Comment
cette juge qui doit être elle-même maman t'-elle pu prendre cette décision ?

Je ne remets pas en question les qualités de père de mon ex-mari. J'ai beaucoup de respect
pour la façon dont il à éduqué mes deux filles, mais n'aurai je pas eu droit à une garde
partagée ? N'aurai je pas eu droit à rester leur mère ? Et elles dans tout cela ?

Je ne cherche pas à minimiser mes torts, c'est moi qui ai foutu ma famille en l'air,
J'aurai dû être plus mature moins égoïste, mais cette sensation de vide en moi, est
plus forte que tout.

CHAPITRE 11 Quand le diable entre dans ma vie

Dans les semaines qui ont suivies la décision du droit de garde, je perds 10 kilos.
Je n'ai les règles qu'un mois sur deux, un de mes ovaires c'est bloqué.
Je pèse 43 kilos, je suis squelettique.
Je plais toujours à Marc qui navigue entre sa copine et moi, je ne sais
même pas comment j'accepte ça. Peut être parce que je suis éteinte, je dois trouver
une branche à laquelle me raccrocher.

Je n'avais pas une très grande opinion de ma personne avant, mais là c'est pire.
Ma famille d'accueil est là sans être là depuis très longtemps, je n'ai pas revu ma mère
Elisabeth depuis une éternité, il est vrai que je l'ai pas mal rejeté, mais elle ne fait rien pour
se rapprocher de moi depuis mon enfance, même me sachant dans ce profond désarroi
par l'intermédiaire de ma sœur Stéphanie. Elle doit avoir ses raisons...
Toute ma vie, je me suis raccrochée à des branches tordues pour ne pas me noyer,
mais quelque chose de pire encore m'attend.....

Qu'est qui peut être pire ? Il y a toujours pire !

Marc m'en fait voir de toutes les couleurs, sa copine l'a jeté dehors, donc
il a atterri chez moi. Je loue un petit appartement en dessus d'une boucherie. C'est
vieillot et les toilettes sont à l'extérieur, mais j'ai un « chez moi » pour
accueillir mes filles.

Je suis cocue et je le sais, quelle ironie du sort ! Je l'ai sans doute bien mérité !
Je travaille, j'ai supplié la directrice d'une association d'aides ménagères de
m'employer pour récupérer la garde de mes enfants et elle a eu bon cœur !
Mais Yannick a refusé la garde partagée et mon avocate me dit maintenant
que je travaille trop.

Je vois mes filles un week-end sur deux, tous les mercredis et une partie des vacances
mais quelque-chose c'est brisé en moi. Je sens que je plonge encore trop souvent
dans la déprime. Je ne leur offre pas l'image d'une maman épanouie.
Je ne vis que pour mes histoires de cœur tordues, je me raccroche à Marc
comme à une bouée de sauvetage, alors que cet homme ne mérite même pas
que j'ai des sentiments pour lui.

Il a un ami Fabrice, un vrai cœur d'artichaut qui s'amourache de tout ce qui bouge !
Ce garçon est très gentil mais un peu limité je trouve. Il ne m'intéresse pas, pourtant moi,
je lui plaît, il essaie de me le faire comprendre de façon un peu gauche. Il vit dans l'ombre
de ses copains, il manque d'assurance et de confiance en lui, il en est touchant, mais pour
moi ça s'arrête là ! Puis cerise sur le gâteau ! Il à 21 ans alors que j'en ai 25.
Il est très grand, il ressemble a une asperge, blond, les yeux bleus, il a son charme, il n'est pas
laid, mais il ne m'attire pas.

Marc est parti pour un travail saisonnier dans le Tarn et Garonne, Fabrice commence à venir
me tenir compagnie, je l'aime bien, il est très attachant. Je le vois comme un copain, un petit
frère, mais lui me voit tout autrement...
Nous nous confions l'un à l'autre, il me raconte sa vie, il vit encore chez ses parents.
Il a un père tyrannique qui le rabaisse tout le temps, je ne peux que le comprendre...

Je ne sais pas encore que je viens de rencontrer le diable, que ce jeune homme qui
à l'air un peu gauche et trop gentil, va réussir à m'envoûter à un point qu'on ne peut
même pas imaginer !

Je suis dans une période où je me sens très seule. Mon « petit copain » est dans le Tarn
et Garonne, je sais qu'il a d'autres aventures, par l'intermédiaire d'amis partis le
rejoindre. Je me rapproche de plus en plus de Fabrice. Je commence à ressentir le besoin
de le voir, de parler avec lui, je me surprend parfois à m'attarder sur ses yeux bleus ,
sur son joli sourire, ses fossettes, je le découvre différemment. Je ne comprend pas
moi-même ce qui se passe en moi.

Ce jour là, il arrive chez moi, il à l'air très contrarié, il m'explique que son père l'a
mis dehors. Avec mon grand, cœur, je lui propose de l'héberger. Nous commençons
à vivre ensembles comme un couple, rien ne se passe entre nous pour le moment.
Un soir, il s'allonge a côté de moi dans mon lit, nous discutons, je ne sais pas s'il
s'agit du contexte, mais dans la nuit nous finissons dans les bras l'un de l'autre.

La situation est compliquée, mon ami va bientôt rentrer de son travail saisonnier,
Je suis bien avec Fabrice, mais je ne suis pas amoureuse. Je décide de rompre avec lui.
Sa réaction me semble exagérée, il ne va pas bien du tout et m'avoue qu'il est amoureux
de moi depuis un an.
C' est un être fragile et passionné. Je dois me reconnaître en lui, mais
je ne peux pas entretenir deux relations. Pour une raison que j'ignore, je reste attachée à
Marc.

Fabrice n'accepte pas cette rupture. Il boit, pleure sous ma fenêtre, je ne sais plus comment
sortir de ce piège, dans lequel je suis tombée la tête la première ! Toujours ce

besoin immense d'amour et d'affection qui me fait faire n'importe quoi.
Je suis consciente de cette faiblesse, mais je n'arrive pas a réagir autrement.
Je me laisse encore séduire par l'intérêt que me porte ce garçon fragile.

Après bien de problèmes, je suis en couple avec Fabrice. Il est adorable avec mes filles
je suis bien avec lui, mais toujours pas amoureuse. J'ai juste besoin de son amour,
de son affection, mais dans mon cœur il ne se passe rien de plus.
Je suis honnête, je lui dis que je ne l'aime pas, que je vais le faire souffrir, je souhaite
rompre. A chaque rupture, je retombe dans les bras de mon ex-amant, mais il n'y a rien à
faire il refuse de me lâcher ! Il se montre très affectueux, il garde mes enfants lorsque
je travaille. Car malheureusement je dois parfois travailler le mercredi et le samedi.

Je pense qu'il m'a eu à l'usure, je finis par m'y attacher. Il a su se rendre indispensable
à ma vie. Avec mes filles, cela ne se passe pas très bien, l'aînée est très perturbée, la
plus petite ne fait que pleurer et développe un exéma chronique.
Me voilà en couple, j'ai un emploi, une vie stable, je décide par l'intermédiaire de mon
avocate de demander le droit de garde.
Mon divorce n'est pas encore prononcé, lorsque mon mari vient chercher les enfants
le dimanche après-midi, Coralie s'agrippe à moi de toutes ses forces, elle hurle :
« Maman » ! c'est épouvantable pour mon cœur de mère, je dois lui décrocher les
mains de mon pull pour la forcer à repartir avec son père, je suis obligée de le
faire. Cela m'arrache le cœur et encore aujourd'hui cette image hante parfois mon
esprit.

Je pense que j'ai lâché prise à un moment donné, parce que quoi que je fasse, personne
ne m'écoutait ! Mais je ne supportais plus de voir mes filles souffrir comme ça, je devais
agir !
Mon avocate à demandé une enquête sociale.
Celle-ci se déroule en présence de mes enfants, je suis impressionnée par l'enquêtrice,
J'ai perdu énormément confiance en moi. J'ai du mal à trouver les mots, je suis stressée.

Quelques semaines plus tard, je reçois le rapport de celle-ci. Déjà je découvre une
 description de moi très erronée : « Madame est quelqu'un de peu expansif, qui s'exprime
avec un vocabulaire de base ». Le récit de mon adultère est quelque peu ambigu, on peu
croire que j'ai trompé mon mari dés le départ de notre mariage. L'enquête c'est également
déroulée auprès de mon époux, je ne sais pas ce qu'il a bien pu dire.

Yannick lui est encensé ! Un très bon père etc etc....il n'a pas refait sa vie !!!!!
L'enquêtrice reste toutefois incertaine quand au choix de la garde, elle affirme que les enfants
 sont choyées des deux côtés.

Elle doit trancher pourtant donc elle met en avant le côté matériel, plus favorable chez mon
mari.
Elle suggère malgré tout, la garde partagée, à condition que nous soyons d'accord tous les
deux. A cette annonce, il est bien évident que je saute sur le téléphone pour appeler le père de

mes enfants !
Je lui propose même de démissionner de mon emploi actuel, de quitter Carmaux pour Albi.
D'habiter près de chez lui.

„Je suis enthousiaste, j'ai le cœur qui bat, enfin je perçois un rayon de soleil dans ma vie, un espoir de retrouver ma place de maman. Mais lui ne voit pas d'un bon œil cette solution, il me dit non, prétendant que cela perturbera trop les enfants.

Je n'ai vraiment pas le choix. Quoique je fasse je n'arrive jamais à récupérer le droit de garde. Je suis découragée. Je crois que je commence à être fatiguée, dépressive, que je vois tout en noir.

Je suis la femme infidèle, la mauvaise mère qui a préféré son amant à sa famille.
Cette image me collera toujours à la peau, je serai jugée traînée dans la boue, diffamée durant de longues années . Tout cela pour un moment d'égarement, pour un mec à la noix !
Bien sûr j'ai trompé mon mari, j'ai voulu le quitter, mais à aucun moment je n'ai voulu abandonner mes filles. C'est pourtant ce que beaucoup de gens pensent de moi.
La réalité, c'est que je suis une jeune femme de 26 ans paumée et malheureuse.
Je ne suis pas un monstre !

Je suis agoraphobe, je me suis accrochée autant que j'ai pu mais là je craque.
Je prends trop d'anxiolytiques pour calmer mes crises d'angoisse. Il m'arrive parfois de dormir toute une journée. Moi qui n'ai jamais bu, ni pris aucune drogue, je suis shootée aux cachets !

Je suis toujours aussi maigre, je n'ai que la peau sur les os. Le choc de la séparation avec mes enfants m'a quasiment détruite, je devais déjà l'être bien avant vu que je fouts toujours tout en l'air autour de moi, moi y compris moi ! Mon cycle est toujours très irrégulier.
Je suis toujours avec Fabrice. Je me raccroche à cet homme comme à une branche, mais je ne suis pas amoureuse de lui. J'ai l'impression que mon cœur est mort.

CHAPITRE 12 : Totale destruction

Je décide d'aller consulter une gynécologue, je crains une grossesse, vu l'irrégularité de mon cycle et de ce fait, l'impossibilité de prendre la pilule.
Elle ne prend même pas la peine de m'examiner, elle me dit que mon état de santé empêchera toute évolution de grossesse. Je suis trop maigre,, mon corps est incapable de produire assez d'hormones.

Pourtant, je n'ai plus mes règles depuis deux mois, je suis inquiète, je pars acheter un test de grossesse malgré les explications de la gynécologue. Je ne suis pas convaincue.
Le test est positif ! Je suis enceinte.
Que vais je faire ? Je ne suis pas amoureuse de l'homme avec lequel je suis.
Je suis tellement perdue que je me confie à Yannick.
Je ne sais pas s'il panique, mais il me demande de me faire avorter et de reprendre la vie commune avec lui. Je comprend qu'il m'aime toujours et je suis consciente de se que cela représente pour moi : retrouver enfin ma place auprès de mes filles !

Je suis d'accord, je lui demande de m'amener au planning familial d'Albi pour organiser mon I.V.G. La sage femme qui me reçoit m'annonce qu'avec le délai de réflexion il sera trop tard pour pratiquer un avortement. Je dois garder mon bébé.
Je sors de l'hôpital complètement perdue. Mon mari ne veux pas de moi avec l'enfant d'un autre ce qui est totalement compréhensible. Nous aurions pu mentir, dire qu'il était le père, mais il n'est pas ce genre d'homme. Je ne le blâme pas. Il a une relation avec une femme dont il n'est pas amoureux, il m'aime toujours mais reconnaître un enfant qui n'est pas de lui, il n'en a pas la force. Il à déjà trop souffert de notre séparation puis sa famille va lui tourner le dos.

Me voilà piégée avec un homme que je n'aime pas. Pourtant peu à peu, est ce le fait d'être enceinte de lui ? Le fait qu'il m'ait trompé ? Je commence à ressentir des sentiments pour lui. Je me sens subitement amoureuse.
Deux mois passent, nous nous disputons avec Fabrice, car il me nargue en permanence avec la jeune fille avec laquelle il m'a trompé et je suis jalouse.
D'autant plus qu'elle est enceinte elle aussi et que je le soupçonne d'être le père.
Ce jour là, j'ai dû être plus virulente qu'un autre jour, il me décoche soudain une gifle magistrale !

Je crois que je comprends de suite avec quel homme je suis, parfois j'ai envie de me jeter dans les escaliers pour perdre mon bébé. Je suis engagée dans une relation médiocre et je suis coincée.
Mais peu à peu, je m'accroche à cette grossesse, à cet enfant que je porte en moi.
Je vais combler ce vide trop grand, le manque de mes petites filles. Je me sens à nouveau heureuse. Mon compagnon pourtant se monte de plus en plus agressif et jaloux.
Il a compris qu'il avait enfin une emprise sur moi et il commence à me faire payer de l'avoir rendu malheureux, de ne pas l'avoir aimé de suite, de lui avoir préféré mon ex-amant.

Il commence à devenir irrespectueux, fait des avances à mes amies, l'ambiance devient étouffante, je souffre et ma grossesse évolue.....Mes filles sont souvent témoins de son agressivité, je voudrais le quitter mais je n'y arrive pas. Il me poursuit partout, il pleure, et je suis dépendante affective.

Les mois passent, la violence de mon compagnon s'accroît.
Un jour alors que je suis dans la salle de bain, il me bloque contre le mur et essaie de me frapper dans le ventre, je suis enceinte de six mois. Je parviens alors à me dégager de son étreinte et je m'enfuis en courant chez ma famille d'accueil.
Cette course effrénée provoque des contractions et je dois être hospitalisée d'urgence.
Je reste bloquée un mois au centre d'hospitalier d'Albi, sous perfusion, car il faut absolument éviter un accouchement trop prématuré.

Fabrice a réussi à trouver un appartement non loin de là, par l'intermédiaire d'un ami.
Nous déménageons de Carmaux pour habiter à Albi. Cette solution est plus pratique pour moi.
Je peux sortir le week-end de l'hôpital. Les médecins refusaient que je le fasse avant.
Interdiction formelle de faire quelques kilomètres de voiture.
Pourtant, je préfère l'ambiance sécurisante du centre hospitalier, car même dans l'état dans lequel je me trouve, il boit et ne peut s'empêcher de me persécuter.
Il me fait très peur, il est nerveux, il mesure 1m92, lorsqu'il s'emporte, il à un regard de fou.
Je suis petite et frêle, je suis terrorisée par mon compagnon. Je n'ai pas du tout confiance en moi, il faut dire qu'il m'aide bien, il me maltraite physiquement et moralement. Il me traite parfois de déchet de l'humanité et de bien d'autres choses...

On m'a interdit tout rapport sexuel, mais lui ne voit pas les choses ainsi.
Un samedi soir alors que je suis avec lui dans notre nouvel appartement, il me force à faire l'amour et bien sûr je suis prise de contractions.
Retour au centre hospitalier d'urgence, alitée et perfusée directement.
Durant ce temps là, je ne vois pas mes enfants et elles me manquent. Mais leurs visites s'espacent depuis quelques temps, elles se sont plaints à leur père de la violence qui règne chez moi, elles ont peur.

Quelques temps après, le travail d'accouchement se déclenche, il est trop tôt, je suis à huit mois de grossesse mais mon gynécologue à la suite de plusieurs examens, décide de me laisser accoucher. Le bébé sera prématurée de un mois, mais viable, il sera placé en couveuse.

Le 27 juillet 1995, je mets au monde une jolie petite fille de 3 kg 100, Maélys
Je suis heureuse malgré tout devant cette merveille ! Mais j'appréhende beaucoup mon retour à la maison.
Fabrice c'est mis à boire plus que de raison, il me reproche d'en être responsable et me frappe régulièrement.
Parfois il me gifle, me donne des coups de pieds alors que je porte ma fille.
Un rapport très fusionnel s'installe avec mon enfant. Il ne supporte pas, il est jaloux.
Il hurle dés qu'elle se met à pleurer. Il me demande d'aller m'enfermer dans la salle de bain avec elle pour ne pas l'entendre.

A plusieurs reprises, j'essaie de m'enfuir mais il me retrouve tout le temps.
Je suis toujours agoraphobe, partir de chez moi, relève du parcours du combattant.
Je ne supporte pas de m'éloigner de mes repères, l'appartement est à mon nom, Fabrice vit à mes crochets, il ne fait rien de ses journées à part boire. J'ai déjà demandé à la

police si on pouvait le mettre dehors mais c'est impossible. Lorsqu'il me frappe, il me séquestre et je n'ai jamais pu m'échapper pour faire constater mes coups.

Je m'enfuis quand je le peux. Ce n'est pas facile, il ne me lâche pas d'un pouce !
J'arrive cependant à fuir une énième fois, je suis hébergée dans un foyer de femmes battues avec ma fille. Une assistante sociale me demande d'avoir une discussion avec mon concubin.
Il vient donc me rendre visite et réussi à m'embobiner une nouvelle fois.
J'ai besoin de rentrer chez moi, ma pathologie me le demande. Je suis prise de nausées, d'angoisses dés que je ne suis pas dans mon univers.
Cela n'a rien à voir avec mon compagnon, j'ai besoin de mes repère s.
Je sais, ce n'est pas facile à comprendre, mais tous ceux qui souffrent d'agoraphobie me comprendront. Cela dépasse l'entendement. C'est indescriptible !

Ce qui suit est horrible ! Fabrice devient encore plus épouvantable, il me persécute mentalement, m'insulte, me frappe, un jour il me soulève même par les cheveux manquant de m'arracher le cuir chevelu. Je reçois des gifles magistrales, mon sang en gicle sur le mur.
Il a des gestes brusques avec Maélys, elle à très peur de lui, elle n'a que huit mois mais ses yeux me supplient de la prendre dés qu'elle est dans ses bras ! L'instinct des touts petits...
Il faut toujours que j'use d'une grande délicatesse pour la lui reprendre. Trouver toujours un prétexte crédible. J'ai peur qu'il s'en prenne à elle.

Il a trouvé un petit emploi de plongeur dans un restaurant près de chez nous,
Je profite un jour de son absence pour partir et faire examiner ma fille par un médecin légiste par l'intermédiaire des gendarmes, mais il ne trouve aucune trace de coup. Je me dis que j'exagère peut-être et je rentre chez moi.
Pourtant, je reste septique... J'ai de drôles de ressentis, parfois il m'interdit de me lever lorsqu'elle pleure et il va dans la chambre lui même. Je ne suis pas tranquille. J'essaie toujours de trouver une excuse pour le suivre.
Par la suite, il nous enferme dès qu'il s'absente et me menace de nous tuer toutes les deux et de se suicider,si il me surprend entrain de m'enfuir.

Il m'oblige parfois à aller chercher le pain où faire quelques courses et il reste seul avec notre enfant. Je me presse, je ne lui fais pas confiance du tout !
Je la retrouve un jour avec la lèvre blessée, il me dit que c'est le mobile musical qui lui est tombé dessus. Je ne veux pas y croire. Nous avons un rendez vous à la PMI quelques jours après. J'amène Maélys chez une pédiatre du centre social.

J'arrive tant bien que mal à la voir quelques minutes seule, je lui fait part de mes craintes, et lui demande d'examiner la blessure de mon enfant. Mais elle ne peut pas se prononcer sur un acte volontaire où pas donc je rentre chez nous. Personne n'a l'air très préoccupé de notre situation ...je repars donc avec mon compagnon.

Le week-end suivant nous sommes chez les cousins de Fabrice, c'est un couple sympathique que nous fréquentons depuis quelques temps.
Nous passons le week-end chez eux, Maélys est sur mes genoux, elle pleure, je suis face à face avec mon compagnon, nous sommes seuls dans la salle à manger.

Il parle à notre fille un peu fort pour qu'elle arrête de pleurer. Je lui dis qu'il est méchant.
Il me regarde surpris et me dis : - regarde ! Là je suis méchant !

Il s'empare d'un briquet et fait mine de lui brûler la jambe, de la façon dont je suis assise je ne vois pas ce qu'il fait, je tente de reculer ma chaise et de me lever, puis je profite du retour de sa cousine dans la pièce pour foncer déshabiller mon enfant à la salle de bain, elle porte des collants en laine, je scrute sa jambe sous toutes les coutures, mais je ne vois rien. Je suis rassurée.

Nous repartons chez nous le dimanche soir, là, il devient méchant, il dépose ma fille sur la moquette de la chambre, et m'interdit de la prendre. Il me force à ne pas intervenir. Elle ne sait pas marcher et se râpe le front sur la moquette . J'arrive à m'imposer et je vais la chercher. Je la prend dormir à côté de moi, j'ai peur qu'il lui fasse du mal dans la nuit.

Au petit matin, ma fille hurle a côté de moi, elle gigote dans tous les sens, je ne sais pas ce qu'elle à. En regardant vers sa jambe, je remarque quelque chose d'anormal en dessous de son pyjama, au niveau de son tibia gauche, il y a deux bosses. Je la déshabille fébrilement et je découvre horrifiée, deux énormes cloques remplies de liquide rouge et jaune.

Là, je panique, je suis morte d'inquiétude, je m'habille rapidement, je l'enveloppe dans une couverture et je cours à la clinique à côté de chez nous.
Fabrice essaie de me barrer la route mais il comprend ma détermination.
Je suis dans un état second, je comprend de suite que la vie de mon enfant est en danger je le pousse de mon passage. Il me suit mais je ne m'arrête pas.

Je suis là, devant le médecin complètement retournée, je ne comprend rien !
Il me parle de brûlure, je repense au briquet, mais j'ai bien vérifié, il n'y avait rien sur la jambe de ma fille la veille, je l'ai changé, mise en pyjama et je n'ai rien remarqué.
C 'est un cauchemar ! Je n'arrive pas à expliquer comment cette chose horrible a pu arriver !

Même aujourd'hui, je ne me l'explique pas ! Est ce qu'il c'est levé pendant mon sommeil ?
Il y a une cheminée insert chez les cousins de Fabrice et ils ont trois enfants en bas âge,
A un moment, je me suis absentée de la pièce et j'ai retrouvé la poussette de ma fille un peu trop prés de cette cheminée. Alors est ce les enfants ? J'évoque devant le médecin toutes les possibilités. Il ne me croit pas, je le sens, mais qui pourrai me croire ?

Ma fille est transférée au centre hospitalier d'Albi. Je la tiens pendant les soins, c'est atroce ! J'en ai les larmes aux yeux, mais je dois rester forte pour elle. Fabrice sanglote comme une madeleine derrière moi. Il m'énerve ! J'aimerai qu'il parte ! Pour moi ce ne peut être que lui, mais je n'ai aucune preuve ! Personne n'en a la preuve.

Les services sociaux sont alertés, la police vient. Je ne veux pas quitter mon enfant, on m'installe un lit dans sa chambre . Je reste une semaine à l'hôpital, elle souffre d'une septicémie, il y a un risque d'amputation, je suis bouleversée, à la limite de l'évanouissement, mon camarade de classe Laurent revient brusquement à ma mémoire. Je pense : non, pitié pas ça ! Elle n'a que 9 mois !

Nous sommes convoqués au commissariat, je n'ai pas envie de m'y rendre, je ne veux pas m'y rendre, je ne veux pas laisser Maélys seule, j'ai peur ! Mais je n'ai pas le choix. Un long interrogatoire débute. Je suis incapable de leur dire ce qui c'est passé. Ils ne me croient pas, ils me suspectent. Je continue à dire que je ne comprend pas. Je leur parle du briquet, de la cheminée, mais rien ne semble leur convenir. Tout ce que je veux, c'est sortir d'ici pour retourner à l'hôpital !

Il se passera 16 heures de garde-à-vue ! D'interminables heures enfermée dans une cellule à ne penser qu'à ma fille, à sortir de là, je sais que je ne lui ai rien fait pourquoi on ne me laisse pas sortir. Avant de m'enfermer ils ont pris mes empreintes, je suis fichée ! Je me sens sale, humiliée, je panique à l'idée de ne jamais revoir mon enfant. Soudain mes nerfs lâchent. Fabrice est dans la cellule juste à côté de moi. Je ne le vois pas mais nous pouvons nous parler, je pense que les policiers n'ont pas fait ça au hasard...

Je commence à frapper sur les murs, à crier, à pleurer. Je supplie mon compagnon :
- s'il te plaît dis leur que c'est toi ! Dis leur que c'est toi qui l'a brûlé ! Je veux sortir d'ici, tu sais que je n'ai rien fait ! Dis le leur je t'en supplie ! Je veux voir ma fille ! »
Le commissaire qui nous a interrogé vient de suite me calmer, il me dit
- Nous allons interroger à nouveau Monsieur et s'il avoue nous vous libérons et vous pourrez retourner au centre hospitalier. »

Entre temps, le même médecin légiste qui a examiné Maélys lors d'une de mes plaintes vient me poser quelques questions, il me demande si je me drogue et m'accable ! Il me dit que ce n'est pas la première fois qu'il examine ma fille pour de tels faits ! Je ne dis rien, je baisse la tête, je me sens coupable mais je me demande pourquoi lors de son précédent examen il a affirmé que ma fille allait très bien.

Quelques heures plus tard, le commissaire vient me libérer sans un mot sur le sort de mon compagnon, il me dit juste : « vous pouvez sortir ».

Je suppose qu'il a avoué. Je sors et je retourne à l'hôpital,. L'infirmière m'annonce une très bonne nouvelle, ma fille va mieux, elle est tirée d'affaire !
Je suis soulagée et tellement heureuse ! Nous allons pouvoir rentrer chez nous toutes les deux et commencer une nouvelle vie sans violence ! J'apprends que Fabrice a été directement placé en préventive, au centre de détention d'Albi.
Ils ont fait des tonnes d'examens à Maélys, ils découvrent une fracture ancienne.
Je repense à mes doutes, à ce médecin légiste qui a examiné ma fille lors d'une de mes laborieuses fuites et qui m'accable aujourd'hui, je ne comprend rien.

Je reçois un appel d'un assistant-social. Il me demande d'aller le voir.. Rassurée par l'état de santé de Maélys, je m'exécute sans inquiétude.
Je me rend donc au centre social (le même où exerce mon pédiatre)
Il m'annonce très froidement que mon enfant va être placée ! Je pleure, je le supplie, mais il ne veut rien savoir ! Il me dit que la décision est déjà prise !
Je me rappelle de mes mots, de mon désespoir : pitié, je n'ai plus qu'elle !
Il me traite de mère non protectrice, je suis anéantie. Il a peut-être raison, mais que pouvais je faire ? Je suis agoraphobe, je ne supporte pas de me trouver loin de mon appartement très longtemps, lorsque je vais voir la police, je leur demande de mettre mon compagnon dehors, parce que je suis chez moi, mais nous avons un enfant ensembles et sans preuve de violence, ils ne peuvent pas intervenir . Bien sûr, je porte plusieurs plaintes, mais essayez de vivre avec un homme violent contre lequel vous avez déposé une plainte ! Je n'ai personne, pas de famille chez laquelle me réfugier, Marie ne veut pas m'héberger, ma mère est à 800 kilomètres de moi et je ne la vois jamais, mes amis sont aussi les amis de Fabrice, il me retrouve toujours et il leur fait peur.

Je sors de cet entretien dans un état lamentable ! Je prends le bus de ville, durant le trajet, je pleure à chaudes larmes. Je me fiche du regard des gens, tout c'est effondré, plus rien n'a d'importance ! Le sol se dérobe sous mes pieds, tout est irréel, le temps est comme suspendu.

Je suis de retour au centre hospitalier, je prends ma fille dans mes bras, mes tripes se tordent dans tous les sens, j'ai mal ! Très mal ! Je pense à Coralie et Aurore, j'ai l'impression qu'on m'arrache le cœur. Ce n'est pas possible, c'est un cauchemar !
Encore cette douleur insupportable, encore une fois !

Je promène ma fille dans le couloir, les infirmières doivent être alertées du placement de Maélys, une puéricultrice du centre social vient me parler, une famille d'accueil va venir la chercher.

La famille arrive, on me la présente, ces gens ont l'air gentils, mais je suis anéantie !
Ils sont gênés, je pleure, je ne peux plus m'arrêter, je suis entrain d'habiller mon
bébé pour que ses personnes me l'arrachent. C'est un moment si douloureux
que je ne trouve aucun mot pour le décrire.

Mon ex belle sœur, la sœur de Yannick est là. Elle est venue me soutenir, nous sommes
restées amies. Puis la puéricultrice me dit de prendre mon temps, qu'ils vont tous sortir
pour que je dise au revoir à ma fille.

Je m'assoie, je la serre dans mes bras, et je reste comme ça un long moment, aussi longtemps

que je le peux. Je lui parle, je lui dit que d'autres personnes vont s'occuper d'elle mais
que je ne l'abandonne pas, je vais revenir la chercher.
Il faut que je me décide à sortir, à la donner à cette famille d'accueil. C'est très dur !
Alors je le fais d'un coup, je me lève, j'ouvre la porte, je la met dans les bras de l'assistante
maternelle et je pars sans me retourner, mon ex belle sœur me soutien car je pense que je
vais défaillir, mes jambes ne me portent plus.

Ce jour là, je rentre dans mon appartement comme une morte-vivante. J'éprouve une
douleur que je ne souhaite à personne. Je rentre dans la chambre de ma fille, je vois
son petit lit vide, son petit blouson posé sur la chaise. Je craque ! Je me mets a hurler
à la mort, je revois tout, Coralie, Aurore, puis Maélys, je ne peux plus m'arrêter de
crier. Je suis pliée en deux, accroupie sur le sol et soudain je me lève et je casse tout ce que
je peux casser dans l'appartement, j'ai une telle rage en moi, une telle souffrance !

Je regarde autour de moi et je remarque les médicaments pour les nerfs de Fabrice,
j'hésite un long moment à tous les avaler, c'est la première fois que j'ai vraiment
envie de mourir ! Mais je pense à mes enfants, je vais les revoir, je ne dois pas
les abandonner ainsi ! Tout s'arrangera un jour, il le faut !

Un mois s'écoule et on m'autorise enfin à revoir Maélys, en visite médiatisée.
Je la verrai entre quatre murs, comme une criminelle pendant presque quatre ans !
Cette situation ne me convient pas, mais je n'ai absolument pas le choix si je
veux la voir.

CHAPITRE 13 Errance

Je ne veux pas baisser les bras, pourtant je tombe dans une profonde dépression.
Mon divorce est prononcé, mon ex-mari c'est remarié.
Sa femme est d'une jalousie maladive à mon égard. Souvent ma fille aînée me fait passer de charmants messages de sa part :

- Fabienne me dit de te dire que tu es une connasse !

Je reste là a me laisser faire, je me dis que je mérite ce qui m'arrive, que je suis une paumée, que je ne vaut rien. Je me sens totalement éteinte. J'ai l'impression de ne plus exister, ma vie n'a plus de sens !
Quoi que je fasse, je ne suis jamais crédible, je ne fais que le mal !. Alors je n'ai plus envie de me battre, je suis en dépression, je ne suis plus que l'ombre de moi-même, j'ai envie de baisser les bras, de me laisser mourir, je me sens horriblement coupable !
C'est un cercle vicieux, lorsque mes filles sont absentes, je souffre et lorsqu'elles sont avec moi, je suis lymphatique, je n'ai pas de force, elles me font des scènes, des crises pour me faire réagir mais je n'arrive pas à me ressaisir.

De l'extérieur, je ne suis qu'une femme qui a laissé un monstre massacrer sa fille. C'est tellement plus complexe que ça ! Mais je m'en veux, je m'en veux terriblement ! Pourtant je sais que je suis prisonnière de mon passé et que parfois je suis incapable de me recentrer, d'être objective, incapable d'agir autrement que je le fais. Un soir alors que je suis en boîte, une connaissance me tire par le bras pour m'entraîner dehors et me frapper en me criant dessus :

- qu'est que tu as fait à ta fille ! »Heureusement, un ami à moi intervient.

J'ai souvent eu cette impression de tomber dans le vide, dans ces moments là je panique et je me raccroche à n'importe quoi, à n'importe qui.
Je reste cette enfant abandonnée, dépendante affective, sans le moindre repère.
Cette sensation est dure à décrire, j'aime mes enfants plus que tout, mais ce vide que je ressens sous mes pieds depuis très longtemps m'empêche de trouver l'équilibre. Je glisse, je glisse toujours et encore !

J'ai l'air détachée de tout alors qu'à l'intérieur, je suis détruite. Tout est ravagé, saccagé. C'est le seul moyen de survie que mon inconscient ai trouver pour gérer cette souffrance insupportable : me détacher de tout !
J'éprouve une réelle phobie de la perte de contrôle, parce que si je craque, je vais hurler, pleurer à m'en étouffer. Je vais en mourir !
Mais certaines personnes autour de moi me jugent, me pensent indifférente.
J'essaie juste de rester debout ! Vous ne comprenez pas ? J'essaie de m'accrocher,

de survivre à tout cela. Que faut il que je fasse ? Que je me laisse crever ? que je me suicide ? j'y ai bien pensé, mais je n'y arrive pas ! Mon cœur de maman s'y refuse !

A cette époque là, je fréquente beaucoup ma tante et ses enfants. Françoise est la sœur de Lucien, mon père biologique. Nous avons fait connaissance Deux ans avant et ,je me suis rapprochée d'elle. Il m'arrive de dormir chez elle, de vivre quelques jours auprès d'eux, je suis très proche de mon jeune cousin, Thierry, je ne les remercierai jamais assez d'avoir été là pour moi.

Je rencontre Daniel par leur intermédiaire, un jeune homosexuel avec lequel je vais vivre une relation compliquée mais platonique. D'une certaine façon, nous sommes amoureux l'un de l'autre, mais rien de charnel entre nous. Je pense que les hommes m'écœure, je ne les supporte plus.

Pendant plus d'un an, je vais intégrer le milieu homo et m'y sentir bien. Je sors en boîte, je danse, je me laisse abrutir par la musique, mais au-delà de ces soirées je me sens éteinte. Je ressemble à un zombie.
Paradoxalement, mes attaques de panique, s'atténuent.
Je continue de voir Maélys au centre social, Coralie et Aurore, un week-end sur deux, mais je me sens morte à l'intérieur.

A ce moment là, je fais une erreur monumentale ! Coralie n'est pas bien ce jour là, peut-être ressent elle mon mal être, elle crie, pleure et me dit qu'elle veut retourner chez son père. Je ne réalise pas que c'est un appel au secours, je suis trop dans le brouillard pour cela.
Je la prend et je vais dans la cabine téléphonique la plus proche pour appeler Yannick. Je lui explique la situation, je suis même en colère contre ma fille et je lui demande de venir les chercher.

J'ai regretté cette décision durant de longues années car mes filles ont refusé de revenir me voir......mais comme je les comprend !
C 'est difficile pour moi à ce moment là, je souffre d'une grave dépression et la femme de mon ex-mari n'arrête pas de monter la tête de mes enfants contre moi, elle les manipule, leur dit que je les aient abandonnées pour un homme, que je suis une mauvaise mère, elle les perturbe et nos week-ends deviennent un véritable enfer pour moi. Mais je n'ai aucune excuse, je n'aurais pas dû réagir comme ça.

Je suis consciente de mon mal-être, je vois bien que je fais tout de travers depuis quelques années, mais je n'arrive plus à me ressaisir.

Je vois la juge des enfants tous les 6 mois, pour le placement de ma fille Maélys. Cette femme à l'aspect rigide éprouve pourtant de la compassion pour moi. Elle remet même en question sa décision au sujet de ma fille. Je crois qu'elle comprend ce qu'il c'est passé, lors de l'hospitalisation de ma fille. Nous avons reçu une convocation pour une audition au Tribunal des enfants dans les jours qui ont suivi le drame. Il fallait agir vite pour la protection de mon enfant et j'en suis consciente. Je n'étais jamais à la maison, je me trouvais au centre hospitalier . Fabrice à du prendre peur et m'a caché ce courrier. L'audition c'est donc déroulée sans nous, la juge a dû trancher sans m'entendre.

Aujourd'hui je me retrouve face à elle, cette femme m'impressionne.
Elle est pourtant gentille avec moi, elle me voit éteinte et me dit :

- je ne demande pas mieux que de vous rendre votre gosse ! Mais reprenez

du poil de la bête, bon sang ! » puis à mon grand étonnement elle ajoute :
- Je n'aurai peut-être pas dû faire ça. »

Je n'ai pas réalisé de suite, les remords de la juge. Ma vie à continué de façon monotone. Fabrice avait été condamné à deux ans de prison, dont un avec sursis, car c'était son premier délit et au bénéfice du doute.
Il persistait parfois à dire qu'il n'avait rien fait et je ne sais toujours pas aujourd'hui comment ma fille à été réellement brûlé, s'il est réellement coupable où non, je me trouve dans une réelle confusion mentale. Personne ne m'a jamais donné une seule preuve de sa violence envers Maélys, je suis perdue ! Je ne suis pas dans mon état normal, je survis plus que je ne vis.

Je sais qu'il va bientôt sortir, je me surprend parfois à craindre sa présence derrière moi, je ne suis pas tranquille. J'entends même sa voix qui m'appelle parfois.
Je délire un peu. Les services sociaux m'annoncent pourtant sa sortie de prison.

Je sais qu'il me cherche, je le connais, j'espère tous les jours ne pas le croiser et mon agoraphobie reprend de plus belle. Il m'est même pénible de me rendre au bureau de tabac à 500 mètres de mon nouvel appartement.
Une assistante sociale m'a aidé à me loger. Je réside dans un logement social.
Je ne pouvais plus rester dans mon ancien logement, truffés de mauvais souvenirs...

Le destin me fait croiser une amie d'enfance Samira, elle habite à quelques mètres de chez moi. Cette relation m'aide énormément. Nous partageons beaucoup de choses.

Je retrouve avec elle mes fous rires d'antan, mon adolescence, nous ne nous quittons plus !
Je retrouve un peu de ma jeunesse, nous parlons de Nicolas, de nos délires d'ados, je me sens moins seule. Je vais un peu mieux.
J'ai une relation depuis quelques mois avec un homme marié, José.
Je ne suis pas fière de cette liaison, mais au départ il m'a dit qu'il était en instance de divorce. La suite vous devez vous en douter, rupture, réconciliation et dépendance affective. C'est un peu le résumé de toutes mes relations sentimentales.
Je n'ai plus envie de m'engager dans une histoire, finalement cette situation me convient. Je ne pense pas à sa pauvre femme, trahie et trompée. Avec le recul, je m'en veut beaucoup pour cela.

CHAPITRE 14: retour en enfer

Un jour ce qui doit arriver arrive, je croise Fabrice au détour d'une rue.
Il me supplie de l'écouter, de lui laisser une chance de s'expliquer.
Je décide de le faire, j'ai besoin de réponses.
Il me dit qu'il n'a jamais brûlé notre fille, qu'il a avoué sous la contrainte, frappé avec un annuaire.
Aujourd'hui tout cela me semble atroce, mais je finis par le croire.
Je suis âgée de vingt-huit ans, je suis fragile, je suis complètement larguée.

Je reprend une relation avec lui, il a un appartement, mais je refuse de revivre

avec lui. Il a arrêté l'alcool, je me prends à rêver d'une future vie de famille normale, nous allons prouver qu'il est innocent et récupérer la garde de notre fille. Je ne sais pas si à ce moment là, je suis utopiste où si je sombre dans la folie.
Mais je veux me battre pour lui.
Je fais sans doute un trop gros amalgame entre l'injustice de ma vie et la situation présente.
Mais Fabrice est un très grand manipulateur et moi, je suis faible.
Je réfléchis à cette journée chez ses cousins, je revois la cheminée, les enfants et je suis sûre que l'explication se trouve là. Un père ne brûle pas son propre enfant. Mon cerveau est totalement retourné. Pourtant nous avons passé tous les deux un examen psychiatrique au moment des faits et tout l'accusait.
Mais je veux encore croire à son innocence, peut-être qu'inconsciemment, c'est la mienne que je cherche à prouver aux yeux de tous. Je ne veux plus qu'on me

perçoive comme une mère indigne et non protectrice. Je ne supporte pas cette étiquette !
Cela me renvoie à ma propre histoire, à mes douleurs d'enfance . Pierre me l'avait

pourtant bien dit :

- Tu finiras comme ta mère !

Mon ex compagnon use de tout son pouvoir de séduction et de toutes les ruses pour m'entraîner dans son appartement. Je finis par lui faire confiance.
Tout semble aller pour le mieux mais un jour nous croisons José, l'homme marié avec lequel j'ai eu une liaison. Fabrice doit avoir un détecteur, il capte de suite que je le connais. Nous rentrons chez lui et l'enfer recommence....

Sa jalousie et son agressivité sont de retour. Je comprend de suite que je viens de faire une grave erreur en lui faisant confiance. Nous arrivons dans l'appartement et là il se met à boire. Je sais ce qui m'attend....
Il commence à me poser des questions indécentes sur ma relation avec cet homme, il me regarde avec un air sadique, mon sang ne fait qu'un tour ! Je me précipite vers la porte d'entrée et je dévale les escaliers a toute allure en criant pour alerter les voisins.

Mais il réussi à me rattraper et m'enfonce sa main dans la bouche pour m'empêcher de crier. Je manque de vomir. Il me fait remonter les marches en me tirant par les cheveux, dans l'appartement, il me fait asseoir et devant moi, il commence à tirer la table, il la colle devant la porte, puis tout ce qui peut bloquer la sortie y passe : chaises, tabourets, je suis coincée.
Je me suis jetée moi-même dans la gueule du loup ! Je suis une paumée !

Puis il m'oblige à me déshabiller, il me nargue en me rabaissant :

- « Qu'est que les mecs peuvent bien te trouver ? Tu as vu comme t'es fichue ? »
Je tremble, j'ai froid, je suis là toute nue devant lui, il m'humilie en paroles et en actes et m'oblige à lui faire une fellation.

Je m'exécute, j'ai envie qu'il meure !
Une fois ma corvée accomplie, j'espère qu'il va se calmer et me foutre la paix, mais non ! Il continue de plus belle ! Il me pose des questions sur ma façon de faire l'amour avec José, il me tourne autour en faisant mine de vouloir me frapper.
Il me dit qu'il va me cogner la tête contre le radiateur et que ma cervelle va éclater, qu'il va y avoir du sang partout, il me menace de me dévisager à l'acide.
J'ai vraiment peur, je me met à courir comme un animal traqué dans la pièce, il me rattrape en me traitant de folle. Je me recroqueville sur moi même pour essayer de parer les coups qu'il s'apprête à me donner mais il me donne un coup de pied par dessous, il me casse le nez, j'éprouve une douleur abominable, je manque de m'évanouir, j'ai du sang partout sur moi, il me remonte par la bouche. Je le supplie de ne plus me frapper, je vois des étoiles blanches devant moi, je suis au bord du malaise.

Fabrice doit soudain réaliser la faute qu'il vient de commettre, il me séquestre durant une semaine. Mon calvaire n'est pas terminé. Un soir alors que je prépare le repas, il commence à me tourner autour avec un couteau, il me donne des petits coups avec la pointe, juste ce qu'il faut pour me faire mal. Il me menace, me demande si je vais le dénoncer aux flics, il est en sursis. Je lui jure que non, la peur au ventre. J'essaie de calmer la situation en continuant mon train train comme si de rien était, mais il ne me lâche pas. Alors que je tend la main pour saisir une boîte de conserve, il me donne un coup de couteau sur l'avant bras, je me dis que je vais mourir. Je regarde mon bras, j'ai une entaille béante qui saigne abondamment. Je reste figée ! Je le regarde et je lui dis :

- Mais tu es fou ?

Mes paroles semblent l'atteindre, il sort de son état second, il court chercher des pansements pour me soigner, il pleure, me demande pardon, mais en cinq minutes il reprend un air grave, me prend par le cou, d'un seul bras, il me soulève, me colle contre le mur et commence à m'étrangler. Je n'ai plus de sensation dans les jambes, je me sens mourir, j'abandonne la lutte, je ne me débats plus, je crois que je me résigne. Je vais être enfin soulagée de ma misérable existence !
. Soudain, il relâche son étreinte, je tombe parterre en suffocant.
A ce moment précis, je sais que je dois trouver un moyen de partir, je dois sauver ma peau ! J'ai un sursaut d'instinct de survie et oui, je m'accroche encore !

C'est a Maélys que je dois mon salut ! Tous les lundis, je vais la voir au centre social, les services sociaux sont informés du retour de Fabrice dans ma vie, ils ont reçu un appel anonyme d'un de mes proches. Je prenais ma fille à mon domicile, il n'en était plus question. Fabrice était déchu de ses droits parentaux pour une durée de trois ans. Je leur demande de passer un appel, j'arrive à joindre Samira, elle contacte une amie à elle Laurence et tout va très vite, elle vient me chercher à la fin de ma visite médiatisée et m'héberge quelques jours chez elle.

Elle est adorable, mais je ne peux pas rester éternellement ici. Je lui demande de m'amener chez Marie, ma maman de cœur, j'espère y trouver asile.
Me voilà chez elle, Pierre est malade, il a perdu la tête, il souffre de la maladie d'alzheimer à un stade avancé, c'est une grosse charge, je peux le comprendre, j'explique donc ma situation à Marie, je lui montre ma plaie, mais elle refuse de m'héberger. Elle trouve le prétexte d'amis, dont l'arrivée est prévue le soir même. Je la connais assez pour savoir qu'elle me ment, mais je m'en vais sans histoire.

Je finis par regagner mon appartement d'Albi. Je m'arrange pour sortir un minimum.
Je ne veux pas croiser Fabrice. Curieusement, il me fiche la paix. Sans doute a t-il peur de la police.
Mais je reste sur mes gardes, on ne sait jamais.....

Je ne vois plus Coralie et Aurore depuis bientôt deux ans ! Je suis désespérée par cette situation, mais je n'arrive plus à me battre.

Pourtant, à plusieurs reprises, j'ai contacté Yannick, je lui ai écrit des lettres, ainsi qu'à mes filles, mais en vain.

Mon ex-mari m'a déjà rendu visite, il a voulu recoucher avec moi, je me suis laissée faire dans l'espoir de retrouver mes enfants, mais il ne me donne plus de nouvelle.

Je n'oublie jamais leur anniversaire, ni la Noël, je leur fait parvenir des cartes postales, des cadeaux, mais rien, aucun signe.

Je viens de tout gâcher avec Maélys, j'avais enfin obtenu le droit de la prendre chez moi le lundi, mais il a fallu que je me laisse embobiner par Fabrice.

Retour à la case départ. Je me déteste ! Je ne vois plus le bout du tunnel.

Je ne sors plus, je veux mourir. Je reste enfermée chez moi des jours entiers.

Le soir avant de m'endormir je fais des prières pour ne plus me réveiller.

Je me trouve lâche, je n'ai même pas le courage de mettre un terme à ma vie !

Je viens même de rater un rendez-vous avec ma fille au centre social.

Les services sociaux sont très inquiets pour moi, ils lancent même un signalement.

Je me ressaisis le lundi suivant, apprenant que ma fille à eu un gros chagrin à la suite de mon absence. Elle n'a que 3 ans, mais elle a refusé pendant des heures de quitter le centre social, elle m'attendait.

Je suis vraiment peinée par ces nouvelles. Cela me pousse à réagir et à reprendre espoir. Maélys m'aime, elle à besoin de moi.

CHAPITRE 15 : La renaissance

Ce jour là, je sors boire un café dans mon bar habituel, lorsque je croise Jean, une ancienne fréquentation. Je lui fais part de ma situation, il est touché, il m'invite à prendre un verre chez lui. C'est un homme très respectueux qui n'a aucune idée derrière la tête.

Au contraire, il doit emménager chez sa petite amie et me propose de me sous-louer son appartement. L'endroit est coquet, charmant, rien à voir avec le taudis dans lequel je vis, j'accepte.

Me voilà donc dans un nouveau quartier, à quelques pas du centre social où je vois ma fille. Une vraie aubaine !

Peu de temps après, je fais la connaissance de Jean-Philippe. Il est très grand, timide et surtout adorable. Nous entamons une relation amicale qui au fil du temps, se transforme en relation amoureuse.

Je ne suis pas folle amoureuse, mais je tiens beaucoup à lui, il m'apporte du réconfort, de la sécurité et beaucoup d'affection.

Il décide de m'aider à reccupérer la garde de ma fille. La juge des enfants, m'a imposé ses conditions, un appartement et une chambre d'enfant.

Il travaille au centre de rééducation, il est brancardier. Il possède la sécurité de l'emploi.

Nous emménageons ensembles dans un plus grand appartement.

Nous avons une vie paisible, je me sens beaucoup mieux, Jean-Philippe réussi même à convaincre mon ex mari de me ramener mes filles, c'est le bonheur total ! Depuis quelques temps, je peux prendre Maélys le week-end, je suis aux anges !
Je suis épanouie au milieu de ma petite famille. Je retrouve peu à peu ma place de mère et beaucoup plus d'équilibre.
Mais Coralie refuse soudain de venir à la maison. Je ne comprends pas trop, tout se passait bien. Aurore continue de venir, Maélys et elle, s'entendent à merveille !

Aujourd'hui, je sors du tribunal heureuse et stupéfaite à la fois . La juge vient de m'annoncer que je récupère la garde de ma fille. Je dois me pincer pour le croire ! Elle m'a dit ceci :
- Le prochain week-end, elle ne repart plus dans sa famille d'accueil, elle reste chez vous !
Je ne marche pas, je vole ! Mais j'ai encore du mal à réaliser ce qui se passe.

Le samedi arrive enfin, l'assistante maternelle se gare en bas de chez moi. Je vis alors un grand moment d'émotions que je n'oublierai jamais. Tout se passe dans le silence. Nous n'arrivons pas à parler. Ma fille vient d'avoir cinq ans. Elle à besoin de rester une vingtaine de minutes silencieuse dans la voiture pour pouvoir faire cette transition.
Sa « nourrice » est au bord des larmes, mais elle sait que ce jour là devait arriver, mais sa tristesse est palpable et elle fait d'énormes efforts pour se montrer digne pendant que nous déchargeons la voiture.
Je suis heureuse, mais tellement triste pour cette femme formidable.
Moi aussi j'étais en famille d'accueil, je peux comprendre beaucoup de choses.
Bien sûr, ce n'est pas tout à fait pareil, je vois ma fille depuis qu'elle est bébé, elle est attachée à moi, elle me connaît bien. Moi, je n'ai vu ma mère que trois fois en quatorze ans.
Malgré tout mes tripes se nouent devant cet au revoir si douloureux.

Au moment ou l'assistante maternelle s'apprête à nous quitter, je ne peux pas me résoudre à la laisser partir comme ça, mon cœur se brise pour elle.
Je me décide à lui parler, je lui dis que je souhaite que ma fille reste en contact avec eux, qu'ils sont aussi sa famille. Je lui propose de la prendre un week-end par mois.
A voir le sourire sur son visage et la lueur qui brille dans ses yeux, j'ai compris que j'avais fait le bon choix. Je ne l'ai jamais regretté...Je suis bien placée pour comprendre la douleur que l'on éprouve à se séparer d'une personne aimée.

CHAPITRE 16 : papa est mort

Jean-Philippe, mon compagnon a des comportements curieux, il est toujours triste et déprimé Je sais qu'il me cache quelque chose, mais il refuse de me parler et s'enferme dans son mutisme.
L'ambiance est lourde à la maison et j'avoue que je suis un peu exaspérée par son

attitude.
Je revois Samira et Nicolas, mon meilleur ami. Chez moi, c'est le quartier général,
Nous n'avons pas trop le choix, je suis toujours agoraphobe. Ma vie chaotique à
eu raison de moi.....Je ne peux plus sortir au delà de 500 mètres de mon appartement.
Nous sommes partis dans les Landes cet été, mais j'ai dû prendre 2 anxiolytiques pour
parvenir à faire le voyage. Autant dire que j'étais shootée. On a dû m'aider à descendre
les escaliers et à m'installer dans la voiture au moment du départ. L'agoraphobie à
pris du terrain.

Nous rigolons bien avec mes amis, j'ai retrouvé un peu de ma joie de vivre, même
si Coralie me manque beaucoup.
Ma vie est équilibrée auprès de Maélys, je ressuscite grâce à elle et aux visites d'Aurore.
Je me sens bien. Je suis entourée, mais ma vie de couple devient oppressante.
Jean- Philippe semble déprimé et ne fait aucun effort pour le cacher. Même devant nos
amis.
Je dois beaucoup à cet homme, je ne peux pas le lâcher comme ça, mais je me sens
mal dans cette ambiance.

J'ai revu Marc, il fait curieusement parti de mes amis et nous nous entendons très bien.
J'ai aussi croisé Fabrice, depuis 5 ans, je ne l'avais pas revu. Il sort d'une cure de
désintoxication, il a eu une autre relation qui n'a pas fonctionné. Je ne suis pas surprise.
Il semble apaisé de ses vieux démons, je lui propose de venir rendre visite à sa fille, sous
ma surveillance. Tout se passe bien pendant un an, il s'intègre même dans ma bande d'amis.
Ce n'est pas exactement ce que je voulais, mais peu à peu il a su me convaincre de ses
bonnes intentions. Maélys et lui ont de bons rapports, je contrôle de prés la situation, il
ne la voit jamais seul et je suis toujours entourée. Je veux que ma fille ai un père.
Désespérément et de façons incontrôlable, je veux qu'elle se sente aimée.

Les choses se gâtent du côté de mes filles aînées, une vieille histoire d'attouchements sexuels
entre Fabrice et elles ressort. Il y a quelques années au moment où j'écrivais à Yannick pour
tenter de revoir mes enfants, il avait sorti cette excuse de son chapeau et je n'avais pas voulu y
croire.

A cette période là, je suis avec Fabrice et je pense encore que Fabienne manipule son
monde. Elle demande quand même à mes filles de l'appeler maman !J'apprends ceci, par une
amie commune.
Je peux comprendre que mon ex mari veuille protéger ses enfants de la violence qui règne
alors chez moi, mais je n'ai pas du tout confiance en cette femme qui est d'une jalousie
sans borne à mon égard. Nous irons jusqu'au procès, Fabrice fou de rage m'oblige
sous la contrainte à écrire une lettre contre Yannick et je le fait. Il est relaxé.
Je ne crois pas à ces accusations, non pas que je protège Fabrice, je pense qu'elles sont
 dirigées contre moi, qu'il s'agit d'une pure invention pour m'empêcher de voir mes
enfants. Pourquoi mes filles ne m'ont jamais parlé d' une chose aussi grave ?

Donc, cette vieille histoire réapparaît soudain et Aurore fini par ne plus vouloir me rendre
visite. Nous sommes fin 2000, je suis très contrariée par tout cela, je suis très triste.

La femme de Yannick, est une personne égoïste, lorsque j'étais plus jeune, je travaillais avec elle.
Il s'agit d'une personne pas vraiment raffinée, un peu vulgaire. Pas forcément moche, elle possède son charme, mais elle est assez ronde et plutôt petite. A cette époque, je suis déjà fiancée avec mon ex mari. Elle le connaît bien avant que je le rencontre et n'hésite pas à me confier qu'il lui à toujours plu. Cela me laisse indifférente, je ne suis pas jalouse, j'ai confiance en ma relation. Il me confie d'ailleurs, qu'elle ne lui plaît pas.
Je pense qu'elle a toujours voulu Yannick, sa mère est une amie de longue date de ma belle mère, elles sont voisines et Fabienne vit toujours avec elle.

Je ne comprend pas comment le père de mes filles a pu entamer une liaison avec elle trois semaines après notre séparation, je suppose qu'elle a dû lui faire du rentre dedans lorsqu'il allait voir sa mère. Elle n'a pas froid aux yeux ! Déjà a la cafétéria où nous travaillons ensembles en 1988, elle couche avec un des chefs de service. Un homme arrogant qui se prend pour la huitième merveille du monde et que je déteste !
Un dragueur qui fait du charme à toutes les employées, il ne m'apprécie pas, il sent qu'il me laisse indifférente, il m'en fait voir, je suis chef de salle et il est toujours derrière mon dos.

Sans prétention je pense que mon ex mari c'est jeté sur Fabienne par dépit. Je les soupçonne d'avoir commencé leur liaison bien avant que je craque sur mon amant Marc. A cette époque, nous n'avons plus trop de relations sexuelles au sein de notre couple. Je suis plutôt jolie, fine, bien faite, les cheveux longs, je suis typée, sans que l'on puisse vraiment déterminer mes origines. Certains me prennent pour une latino, une algérienne parfois. Je dis avec humour que mon physique c'est bonifié avec l'âge.

Je plais aux hommes. Pourtant dans ma tête, je suis toujours dans la peau de cette petite fille laide, persécutée par ses camarades de classe. Mon mari reste attiré par moi, il me fait des avances à chacune de nos rencontres, il est toujours amoureux .
Je n'ai qu'un mot à dire malgré sa relation avec Fabienne, je le sais et je suppose qu'elle le sait aussi....elle fait tout pour semer la discorde, pour dresser de moi un portrait peu flatteur devant mes filles, qui bien sûr ne veulent plus me voir.
Elle invente sur mon départ, des choses abominables, je l'apprendrai plus tard...

Mais déjà, je sais qu'elle me surnomme « la connasse » et qu'elle me déteste.
Elle se sent protégée par mon ex beau-père qui éprouve une haine farouche à mon encontre.
Yannick, ne veut plus d'enfants, du moins avec elle. Elle s'arrange pour lui en faire un dans le dos. Il a peut être des défauts, mais c'est un homme responsable et un bon père, comment pourrais je prétendre le contraire ? Il m'a fait beaucoup de mal, mais il c'est battu pour ses enfants, il finit par l'épouser, pour lui c'est sans doute dans l'ordre des choses. Si cette femme n'avait pas fait parti de sa vie, je reste persuadée que les choses auraient pu se passer différemment. Elle a un fort tempérament, lui est une personne très influençable et surtout un peu perdu face à ses responsabilités de papa célibataire.
Il a besoin d'une présence féminine auprès de lui, je pense que cela le rassure.

Je pense que sa relation avec elle l'arrange bien, elle est plus que sévère et cadre les filles, un peu trop a mes goûts... un jour, elle a giflé Aurore, qui était encore une toute petite fille, parce qu'elle a vomi sur le sol. Je me souviens de ma colère lorsque Coralie m'en a fait le récit, j'ai appelé chez eux pour lui parler, mais je n'ai eu que mon ex mari, je voulais la tuer. A mes yeux, cette femme est un dragon ! Elle me fait penser à la belle-mère de Cendrillon. Je la déteste !

Aurore fini par changer d'avis et elle revient enfin nous voir......tout rentre dans l'ordre, je suis soulagée, le vide que laisse ma fille aînée dans ma vie me pèse déjà assez.

Jean-Philippe fini par me confier, non sans peine ce qui le préoccupe : il est attiré par les hommes ! Nouveau choc dans ma vie ! Durant plusieurs semaines après cet aveu, je souffre de problèmes gastriques. Il ne veut pas de la rupture que je lui propose, mais il faut bien avouer que notre relation est vouée à l'échec ! Nous finissons par nous séparer, il le vit très mal, mais je n'ai pas le choix.

Quelques mois plus tard, je reçois un appel de Marie, elle m'annonce que Pierre est à l'hôpital, que c'est sérieux cette fois. Je dois préciser que pour ne pas compliquer mon récit, j'ai volontairement omis de dire que depuis mes premiers mots, je les appelle papa et maman. Cela c'est fait naturellement. Pour moi, ils le sont.

Je suis inquiète, mais je ne peux pas me rendre à la clinique. Mes attaques de paniques m'en empêchent. Je sais, c'est triste, mais pourtant bien réel, je ne peux pas ! Je n'arrive pas à trouver la force.
Une semaine passe, je prends quelques nouvelles, son état n'empire pas, c'est déjà une bonne chose !
Marie m'appelle ce samedi là, elle a une drôle de voix, elle a quelque chose à me dire et je sens que quelque chose ne va pas. Je me décide après quelques mots échangés de lui poser la question fatale :

- Est ce que ça va ? et je ferme les yeux, je connais déjà sa réponse....

Et là, ne sachant que répondre elle me dit :
- Et non, papa est mort !

CHAPITRE 17 : Rechute

Marc se propose gentiment de m'accompagner chez Marie, pour les funérailles, je dépasse mes angoisses, je n'ai pas vraiment le choix, est- ce le choc ? Je n'ai pas d'attaques de panique. Je rentre dans l'appartement, le cœur serré. Il flotte une atmosphère silencieuse, les visages de mes sœurs d'adoption sont fermés, je ne les aient pas beaucoup revu depuis mon divorce, elles m'ont rejeté, elles n'ont pas compris. C'est comme ça !
Elise, la plus jeune, est la seule qui est restée proche de moi. Marie me demande si je veux voir « papa » je dis oui, avec une grande appréhension, chez nous, nous sommes pudiques et je sais que je vais craquer.

Je rentre dans la chambre, j'essaie de me contenir, Pierre est là, couché sur son lit, les traits du visage figés. Mon cœur se serre dans ma poitrine, je ne peux m'empêcher de repenser à mon enfance, a papettou, comme je le surnommais alors. Je tente désespérément de contenir mes larmes, je ne sais pas pourquoi. Elise se jette dans mes bras en pleurant, je ne peux plus me contrôler, je craque. J'oublie tous les mauvais moments, je ne vois que mon papa, mort sur ce lit, au milieu des fleurs. J'ai vraiment mal !
On me propose de me laisser seule avec lui, comme si on comprenait que j'avais quelque-chose à lui dire.
J'hésite à m'approcher, l'émotion est trop vive, mais je réussi a me pencher sur lui et a lui déposer un baiser sur le front. Il est si froid ! Je lui parle :

- Papa, je t'aime, je te pardonne pour le mal que tu m'as fait et je te demande pardon moi aussi si je t'en ai fait. »

Les funérailles se déroulent le lendemain, Elise à un malaise lors de la cérémonie.
Je suis obligée de lire l'hommage écrit pour lui, car personne ne parvient à le faire.
Je suis infiniment triste, comme dans un état second. Une partie de mon enfance vient de s'envoler avec lui.

Je rentre à Albi, Maélys m'attend, je dois reprendre une vie normale. J'essaie de ne pas trop montrer ma peine, je pleure lorsque je suis seule le soir. Mais dans mon cœur, je suis triste, je replonge un peu dans la déprime.
Fabrice doit comprendre tout cela, il se montre prévenant et indispensable.
Pourtant depuis plus d'un an où il nous rend visite, je n'ai plus ressenti de sentiments pour lui, juste une grande indifférence et de la joie pour ma fille.
Il tente de se rapprocher de moi depuis des mois, mais je refuse catégoriquement tout contact autre qu'amical, il n'insiste pas lorsque je le repousse. Il fait mine de l'accepter.

Mes propriétaires me cherchent des « noises » depuis quelques temps, ce sont des gens envahissants qui m'impose de venir chercher eux-mêmes le chèque du loyer chaque mois, profitant de l'occasion pour se faire offrir un café. Nous avions d'assez bons rapports jusqu'à présent, mais il y a des infiltrations d'eau tout le long des murs et bien sûr, j'ai dû leur en parler. Cette eau coule sur le convecteur électrique de ma fille, c'est dangereux. Elle dort avec moi depuis quelques temps.

Mes propriétaires sont âgés, ils n'ont plus envie de s'embêter avec des travaux sans fin, Quelques mois après, je reçois un courrier de leur part, m'annonçant qu'ils vendent l'appartement. Je dispose de trois mois pour quitter les lieux. Comment vais je faire ?
Je décide de déposer une demande HLM auprès d'une assistante sociale, je ne travaille plus, j'élève ma fille seule, je n'ai pas les moyens de louer un appartement chez un particulier. Celle-ci est honnête avec moi, à Albi, je n'aurai pas d'attribution de logement dans un si court délai, il y a trop de demandes.

Je décide donc de déposer mon dossier à la mairie de Carmaux, auprès de l'adjoint au Maire qui n'est autre que mon ancien professeur de Français, cet homme m'apprécie, il garde de moi, le souvenir d'une bonne élève. J'ai tout de même été championne du Tarn de rédaction lorsque j'avais treize ans. A cette époque là, je ne mesure pas l'importance de ce « trophée ». Je suis timide, réservée et cette soudaine notoriété dans mon collège me gêne plutôt qu'autre chose Je suis reçue à la mairie, on organise un pot d'honneur à mon égard, un article est publié sur la dépêche du Tarn, je vis ma petite heure de gloire.

Mais aujourd'hui cela m'est fort utile, mon ancien professeur accélère ma demande auprès de l'office des HLM, et peu de temps après, on m'attribue un appartement. Retour dans la ville de mon enfance, ce n'était pas dans mes projets, mais l'idée de me rapprocher de Marie, désormais seule, ne me déplaît pas.

Alors que ma vie s'organise autour de ce déménagement, Fabrice se montre de plus en plus présent dans ma vie, il vient de plus en plus me voir.
Pierre vient de décéder, mon cœur est encore meurtri, je suis dans une période de faiblesse psychologique. Je ne sais pas si j'ai ressenti le besoin, de retrouver un ancien bourreau, je ne m'explique pas ce qui a bien pu se passer dans ma tête, certains de mes amis me boudent car je quitte Albi, les visites s'espacent, je suis souvent seule avec Fabrice qui sait se rendre indispensable, qui joue un rôle de confident, de papa, à la perfection, j'ose peut être croire que tout est encore possible. Que nous pouvons reformer une famille, encore et toujours prisonnière des démons de mon passé, de cette absence de structure, de l'abandon de mes parents.

Ma vie sentimentale est un échec, je viens d'apprendre que mon ex concubin est homosexuel. Je laisse peu à peu Fabrice intégrer à nouveau ma vie. D'abord amicalement, car je reste encore traumatisée par notre passé commun.
Mes sentiments pour lui sont en berne. Pourtant mon tempérament auto-destructeur va encore reprendre le dessus, un soir, je vais me retrouver dans ses bras, sans même en comprendre la raison moi même.

CHAPITRE 18 : Le déclic

Nous déménageons à Carmaux, nous commençons une nouvelle vie de famille. Peut-être que je veux faire plaisir à Maélys qui désire un petit frère, qui envie mes deux autres filles d'être de « vraies sœurs ». Honnêtement, je n'ai aucune explication logique du retour de mon bourreau dans mon lit et dans ma vie.
Encore aujourd'hui, je n'arrive pas à m'expliquer cette décision plus qu'irresponsable.

Fabrice a changé, il ne boit plus et depuis plus d'un an que nous entretenons des rapports

amicaux, il ne manifeste plus aucune violence, aucune jalousie à mon égard. Pourtant il m'a retrouvé en couple avec Jean-Philippe, il m'a vu avec d'autres hommes, mais il n'a jamais eu un mot plus haut que l'autre, ni un comportement agressif.
J'ose espérer un miracle, une reconstruction de notre vie de famille.

Ma relation avec lui est particulière, je ne sais même pas ce que j'éprouve pour lui,
Je me demande chaque jour pourquoi il est là. J'en ai honte au fond de moi.
Mais il est là dans ma vie, je l'ai laissé s'y incruster sans opposition.
Lui, bien sûr est fou de joie, il semble amoureux comme aux premiers jours, oui mais voilà : j'ai toujours peur de lui, je guette la moindre de ses réactions avec Maélys, j'interprète de travers tous ses gestes un peu brusques, je sais que j'ai commis une nouvelle erreur, une énorme et stupide erreur !

Je me laisse malgré tout entraîner dans cette relation, il ne semble plus violent, il ne boit que de l'eau ou des boissons sans alcool , il est gentil avec ma fille.
Mais je repense tous les jours à la brûlure , à sa folie, je n'ai pas une preuve formelle qu'il en soit responsable depuis toutes ses années, pourtant aujourd'hui c'est comme si je devenais subitement objective, je suis persuadée que c'est lui !
Ce ne peut être que lui ! Alors qu'est qu'il fout là ? Suis je possédée ?

Oui, je le suis, je suis ensorcelée par mon passé d'abandonnique, par mon rôle de victime, par les humiliations que j'ai subit.. Je suis obsédée par mon désir de construire la famille que je n'ai jamais eu. Je suis prisonnière ! Ma raison me pousse à faire les bons choix, mais mon inconscient se bat en permanence contre elle.
Je dois souffrir, je dois me détruire car c'est la seule façon de vivre que je connaisse.

Je suis contrôlée par une force destructrice qui me pousse à reproduire toujours et encore le schéma parental de mes parents biologiques, comme s'il n'existait que ce moyen pour moi, de me rapprocher d'eux, de leur rester loyale. Comme si cette souffrance me permettait de me sentir vivante.

Tout cela je commence à en prendre conscience, mais comment arrêter ce processus ?
Tout mon être le désire, mais je n'y parviens pas.
Je dois penser à Maélys, je viens de la remettre dans les bras de son bourreau !
Je ne cesse de penser comment me sortir de cette situation.
Je ne peux pas rester avec ce monstre ! Il faut que je parte avant qu'une tragédie se reproduise.
Fabrice n'est pas très fidèle, il fini par commettre une erreur, quel bon pretexte !
Nous travaillons, tous les deux, dans une association d'aide à la personne, lui fait des gardes de nuit, je suis auxiliaire de vie.

Je ne sais pas s'il lit dans mes pensées, mais il devient méfiant, il supprime ma liste de contacts sur mon téléphone. Il a une liaison, je le sais, je retrouve parfois des choses suspectes lorsque je rentre du travail. Je le lui reproche, nous nous disputons souvent mais il n'a pas l'intention de nous lâcher sa fille et moi. Je me sens piégée dans cette situation. Il ne me frappe plus, mais il me fait quand même peur, il veut que j'arrête la pilule, pour lui donner un autre bébé. Pour moi cette idée est insupportable ! Comment pourrai je concevoir un autre enfant avec cet homme ?

Je suis volontaire et dynamique dans mon travail, la directrice de mon association veut me titulariser , cela me touche, mais je ne suis pas très bien. L'ambiance est pesante à la maison, lorsque je rentre le soir, il m'arrive de me retrouver presque pliée en deux dans les escaliers, je souffre de crampes abominables à l'estomac. Je dois tellement prendre sur moi. Il est à nouveau très jaloux. Je ne peux même pas dire bonjour aux mari d'une vieille amie. Je baisse les yeux dès que je croise un ancien camarade de classe. Je dois éviter tout ce qui porte un pantalon, sinon je subis des scènes de jalousie interminables, il se lève la nuit, il me réveille pour me poser dix milles questions, il peut me persécuter comme ça pendant des heures ! Je ne dis rien, j'ai peur qu'il me frappe où qu'il s'en prenne à notre enfant.

Je suis très proche du couple chez lequel je travaille, je soutiens beaucoup Francine, la maladie de son époux n'est pas toujours évidente à gérer pour elle. Elle se confie à moi, nous allons souvent marcher lorsque son époux Georges fait la sieste. Elle est en arrêt de travail, elle souffre d'une dépression. Ces gens sont formidables, j'ai une grande affection pour eux et ils me le rendent bien. Ils n'ont pas eu d'enfant, il me considère un peu comme leur fille. Ils ont l'âge de mes parents biologiques, cette relation avec eux me fait du bien. Francine ne tarit pas d'éloges en ce qui me concerne, elle va mieux, à repris son travail et me dit souvent que c'est grâce à moi.

Je fais beaucoup de kilomètres en vélo dans ma profession, je n'ai pas encore mon permis de conduire .Fabrice me met la pression, je ne dois pas avoir 5 minutes de retard lorsque je rentre le soir.Je suis fatiguée mais je tiens le coup. Je suis encore capable d'effectuer les tâches ménagères après ma

journée de travail et je m'occupe de la scolarité de Maélys. Je ne sais pas où je trouve cette force. Certainement pour ma fille. Je suis tellement heureuse de l'avoir à mes côtés ! Elle est scolarisée dans une école qui se situe a quelques mètres de chez nous . Ma sœur Stéphanie y travaille, elle est employée communale. Je peux parfois me confier à elle. Cela m'apaise un peu.

Mon ex mari et ma fille Aurore me font à ce moment là, un cadeau formidable, malgré la reprise de ma vie conjugale avec Fabrice, elle continue de venir me voir. Ils me font confiance et j'en suis ravie. Coralie ne désire toujours pas me revoir, parfois, je suis terrifiée à l'idée de ne jamais la revoir. Cette idée m'est intolérable. Mais je respecte son choix, je n'arrive toujours pas à m'imposer, je pense le mériter.

Ma mère biologique habite à nouveau dans la région, après plus de vingt ans d'existence à Dijon, elle a décidé de venir s'installer à Lavaur avec son nouveau compagnon.
Ses frères y résident, mon grand-père décédé aujourd'hui, habitait dans cette ville durant de très nombreuses années.
Elle m'a rendu visite quelques fois déjà, nous entretenons de meilleurs rapports. Cette reprise de contact n'est sans doute pas étrangère à ma prise de conscience actuelle. Je me sens beaucoup moins seule. Un peu moins perdue.
Je crois en « l'au-delà » et je suis persuadée que Pierre se rachète en me guidant de la haut.
Je vais parfois sur sa tombe, lui parler. Fabrice m'accompagne mais a horreur des cimetières, il ne rentre pas et j'avoue que je préfère.

CHAPITRE 19 : Ma nouvelle vie.

L'ambiance à la maison, s'altère de jour en jour. Fabrice prend de à nouveau ses aises, il pense que nous lui sommes acquises. L'appartement est à mon nom, je suppose qu'il n'imagine pas une seconde que je peux partir.
Il devient de plus en plus dominateur et désagréable avec nous, Maélys qui a toujours été une petite fille gaie et énergique semble s'éteindre, il devient très sévère avec elle, l'obligeant à manger de gros morceaux de viande, ce qu'elle déteste.
Ce n'est pas tellement pour moi que je souhaite partir, c'est pour elle. Je ne supporte pas de lui imposer ce père indigne encore une fois !

Il ne manifeste pas de violence physique, c'est plus sournois, plus psychologique.
Pourtant il fini par gifler notre fille pour un oui ou pour un non, il commence à me bousculer, je dois agir avant que tout recommence !
Je me confie à ma sœur Stéphanie, elle transmet les informations à ma mère Elisabeth et à son compagnon Jean-Claude, celui-ci est un gaillard bien charpenté, Fabrice le craint.
Je sors rarement seule. J'ai déjà tenté de fuir avec ma fille, chez les gens chez lesquels je travaille, j'ai fini par leur confier ma situation et ils ont voulu m'aider , mais Fabrice sait

où ils habitent, il vient nous chercher, il fait des histoires, je préfère partir avec lui.
Au cours de ma fuite , j'oublie ma plaquette de pilule, je ne peux lui refuser un rapport, je suis à nouveau sous son emprise, je me dit que ça calme ses nerfs. Je prie simplement pour ne pas tomber enceinte.
Quelques semaines plus tard je fais un test de grossesse, j'attends mon quatrième enfant.

Maélys est ravie, Fabrice aussi bien sûr ! Il pense sans doute que je suis piégée cette fois encore...

Pourtant, je n'ai qu'une idée en tête : le quitter ! Il est hors de question que notre fille
subisse la moindre maltraitance et hors de question qu'un autre enfant naisse dans
un tel contexte !

En une semaine, par l'intermédiaire de Stéphanie, ma mère, son compagnon et moi,
nous organisons notre départ, nous partons vivre à Lavaur. Fabrice n'est au courant de rien.
Je dois jouer la comédie, surtout ne rien démontrer ! Je ne tiens pas Maélys informée.

Le jour « J » arrive, je dois tout lâcher ici, mais je suis décidée, sinon nous ne pourrons
jamais nous débarrasser de lui, il finira par nous retrouver, il viendra m'attendre à la sortie
de mon travail, il nous faut recommencer une vie ailleurs !
Les choses se sont passées très vite, ma mère et mon beau-père arrivent, lui annoncent
la couleur,!Jean-Claude est impressionnant, Fabrice ne bouge pas. Je dois préparer nos
valises devant lui, il pleure. L'atmosphère est très lourde. Ma fille est triste pour son papa.

Je viens de tourner une page de ma vie. Nous nous installons chez ma mère. Nous
commençons une nouvelle vie. Je refuse de me faire avorter. Je ne peux m'expliquer
pourquoi je garde cet enfant, je suis persuadée qu'il s'agit d'un petit garçon et je ne
veux plus d'homme dans ma vie, Maélys veut absolument un petit frère, je souhaite
le lui donner ! Ce sera son frère ! Même maman et même papa ! Comme pour Coralie
et Aurore ! Je sais que c'est important pour elle.

J'accouche le 1er juillet 2003, à Lavaur, d'un beau garçon de quatre kilos que j'appelle
Alexandre.

Quelques mois plus tard, je réussis à prendre un appartement, je suis heureuse, je me suis
rapprochée de ma mère, j'élève mes deux enfants, je me sens épanouie.
Pourtant, Yannick ne veut pas m'amener Aurore, il prétend que l'essence coûte cher.
Je ne peux pas hélas, je n'ai toujours pas mon permis et mon beau-père n'a plus de voiture.
Puis, je souffre encore d'attaques de panique, je suis incapable de sortir de la ville.
Aurore ne manifeste plus l'envie de me voir de toutes façons, je pense qu'elle se sent
abandonnée, je n'ai pas pu l'informer de mon départ, tout c'est passé trop vite.

Je leur écris, je leur envoie des cadeaux pour leur anniversaire, pour la Noël, mais je ne reçois
aucune nouvelle. Je suis triste, je me raccroche à mes deux autre enfants.
Je remercie le ciel de me les avoir donné.
Deux ans s'écoulent, mon fils va avoir 3 ans, ma fille 11.
Par l'intermédiaire de ma mère, j'ai fait la connaissance de quelques amies, Isabelle et Maria-
Dolorès, nous sommes devenues très proches.
Je tire les cartes à l'occasion, j'ai toujours été attirée par l'ésotérisme.

Un jour, je fais la connaissance de Dominique, elle désire que je lui tire les cartes, c'est une

C'est une amie de Maria-Dolorès, elle est serveuse dans un bar-pmu non loin de chez moi.
Nous vivons un vrai coup de foudre amical, en partant, elle me propose de venir prendre
un café sur son lieu de travail dés que j'en ai l'occasion.

Quelques jours plus tard, je décide de m'y rendre, puis, au moment de repartir, je la vois
parler tout bàs avec son patron, Jean-Emmeric, elle me rappelle soudain.. :

- Tu cherches toujours du travail ? me dit-elle.

- Oui, pourquoi ? »

Ils cherchent une caissière de PMU. Je précise que je ne connais rien aux courses.
Le patron aime mieux ça, il vient de virer son caissier car ce jeune homme se servait dans la
caisse pour jouer.

Quelques jours plus tard, me voilà, derrière la caisse du PMU ! Moi, agoraphobe,
plutôt timide, je travaille dans un bar, au milieu de parieurs surexcités !
Si on m'avait dit ça un an auparavant, je n'y aurait jamais cru !
Cet emploi est dur, il faut avoir des nerfs d'acier, mais je finis par aimer ce métier.

Jean-Emmeric est un bon patron , nous devenons rapidement amis, il a confiance
en moi.
Au niveau sentimental, je vis une relation compliquée avec Gaël, c'est un garçon
marginal, un « bad boy » je me prends à rêver d'une belle d'histoire d'amour à la
Depp-Paradis. Johnny Depp est un acteur que j'adore depuis très longtemps.
Je ne sais pour quelle raison, je me sens proche de cet homme sans même le connaître.
Ces films m'ont parfois permis de m'évader, je l'admire et je ne peux écrire mon histoire
sans parler de lui, d'une certaine manière il fait partie de ma vie.
Lorsque je regardais « 21 Jump Street » je devais avoir alors 22 ans, mon cœur
battait la chamade à chacune de ses apparitions. Je me sentais proche d'un état
amoureux.

Aujourd'hui, j'ai mûri, mais il est toujours mon acteur préféré et je suis toujours
attirée par les « bads boys » mais Gaël n'est pas Johnny Depp et moi je ne suis pas
Vanessa Paradis. Il ne désire pas s'engager, il aime trop les femmes et il est très
volage. Je souffre, je suis amoureuse, mais je dois me contenter de
se que nous vivons, une relation compliquée et ambiguë.

Il vient très souvent prendre un verre au bar PMU, il drague Dominique devant moi,

ce qui a le don de m'agacer profondément mais lorsque j'essaie de me rebeller
il me lance un « je suis pas ton mec » qui me calme de suite !
Je suis tout de même très proche de Dominique, cette femme est géniale, bien
sûr elle ne répond pas aux avances de Gaël.

Ma relation avec lui est un peu magique, je suis restée un grand enfant, lui aussi.
Il me dit que je suis une Elfe mais que lui est un Troll, je trouve ça mignon.
Isabelle, mon amie est venue rejoindre l'équipe, nous partageons le même
emploi, nous travaillons quinze jours chacune, à la caisse.
Plus tard je réussi aussi à faire employer ma mère, elle est serveuse depuis des années et
mon patron a besoin de jours de repos pour s'occuper de sa famille.

J'avoue que je passe de très bons moments avec elles, parfois le soir, lorsque la « nounou »
me garde mon fils, après mon travail, nous mettons de la musique et nous dansons,
cette vie me plais, ma fille devient adolescente, elle invite souvent ses copines, une
amie me garde Alexandre le week-end, je peux enfin m'amuser un peu ! Ma vie est
aux antipodes de celle que j'ai eu jusqu'ici, je me sens libre ! J'oublie mes mauvais
moments. Malgré tout un vide persiste....

Mes grandes filles me manquent. Je n'ai pas revu Coralie depuis 5 ans !
Aurore ne vient plus depuis au moins 3 ans.

Ma mère est restée très proche de son ex belle soeur Sylvie, c'est une femme
de caractère, une fonceuse ! Elle va me faire la plus belle surprise qu'il soit !

Elle me dit un beau matin qu'elle a une grande surprise pour moi. Je la
regarde étonnée et curieuse. Je veux savoir ! :

- J'ai appelé Yannick, il est d'accord pour amener tes filles chez Marie à Carmaux,
je vous amène les voir ta mère et toi, samedi. »

Je reste muette ! Je ne réalise pas encore.....

CHAPITRE 20 : Les retrouvailles

Ce matin là, mon cœur bat très fort dans ma poitrine. Je vais enfin revoir mes filles !
Elles ne connaissent pas leur frère, Maélys semble ravie de les revoir .
Nous arrivons chez Marie, qui bien sûr est prévenue de notre visite, Sylvie a organisé

ce rendez-vous d'une main de maître !

Ma gorge est nouée, je ne veux pas y croire, j'ai peur qu'elles changent d'avis.
Je stresse, je regarde sans arrêt par la fenêtre. Soudain une voiture se gare, je vois sortir
deux grandes filles, je suis émue, mes yeux me brûlent, je réprime un sanglot tant bien que
mal ! Comme elles sont belles ! Il faut que je me ressaisisse, je ne veux pas les
mettre mal à l'aise, je ne veux pas qu'elles retrouvent une maman en larmes.

Les minutes qui suivent me semblent interminables ! Enfin la sonnette retentit !
Je prends une grande inspiration et j'ouvre la porte, je me retrouve face à Coralie
qui fait une tête de plus que moi !!j'ai un choc, mais je suis la plus heureuse des mamans
de la planète !!!!

Nous descendons, boire un verre tous ensembles, ensuite je prends pleins de photos,
je ne veux absolument rien perdre de ces retrouvailles, je suis entourée de mes
4 enfants, c'est le plus beau jour de ma vie !

Merci Sylvie ! Merci du fond du cœur pour ce merveilleux cadeau !
A partir de ce jour là, je ne perdrai plus jamais contact avec mes enfants.
Pour moi, c'est une vraie résurrection !

Pourtant, nous avons beaucoup de choses à nous dire... beaucoup de blessures à panser....
Il y a du bon et du mauvais dans l'évolution technologique, mais pour ma part je dois avouer
que les sms peuvent parfois s'avérer fort utiles. Nous gardons des liens grâce a nos portables,
nous nous racontons nos journées, puis je leur propose de venir me rendre visite pour mon
anniversaire à Lavaur, je vais avoir trente neuf ans.

Elles ont prévu un magnifique cadeau pour moi, elles arrivent plus tôt que les autres
invités, elles ont une surprise pour moi, mais elles préfèrent que je sois seule avec elles
pour me l'offrir. Je vais vite comprendre....
Le petit copain de Coralie, s'avance vers mon lecteur DVD, il met un CD et là, sur la
chanson « elle » je vois défiler des photos de mes filles à l'âge de notre séparation jusqu'à
aujourd'hui avec des commentaires écrits, qui me touchent profondément !

Alors que les paroles de la chanson m'atteignent au plus profond de mon cœur : « c'est celle
qui m'a donné la vie, elle fait partie de moi » Les écritures défilent devant mes yeux, me disant,
qu'aujourd'hui elles veulent rattraper le temps perdu....
Je ne peux exprimer le degré d'émotion dans lequel je me trouve, je fonds en larmes, secouée
par de gros sanglots.

Nous passons le week-end à parler, elles m'apprennent des choses atroces, qu'on a dites sur moi

Elles ne veulent dénoncer personne, elles sont délicates et intelligentes, mais je
comprend qu'il s'agit de Fabienne. Elles me précisent juste « ce n'est pas papa »
Yannick et elle sont en instance de divorce, c'est peut être la raison pour laquelle je peux enfin
retrouver mes deux filles.

Elles ont entendu sur moi de telles choses : Je faisais l'amour devant elles, avec mes amants
lorsqu'elles étaient petites, je les aient abandonnées, je m'en fiche d'elles, je suis un monstre !
Et mes cadeaux ? elles ont l'air surprises. Je les leur décrit, on les leur à bien donné
mais sans préciser qu'ils venaient de moi. Coralie comprend tous les mensonges qu'elles
ont entendu, elle a les larmes aux yeux, moi aussi...

Elles vont hélas me confirmer les attouchements que leur à fait subir Fabrice, au début
de ma relation avec lui, lorsque je travaillais, lorsqu'il était encore tout gentil avec moi.
. C'est un grand malade, il leur faisait sentir ses chaussettes et ses caleçons sales !
Je suis choquée ! Moi qui pensais que c'était une invention de Fabienne pour me causer
du tort, je comprends alors pourquoi elles ne venaient plus...
Toutefois, cela n'excuse pas les propos qu'on a pu avoir sur moi !Cette femme
n'a vraiment aucune psychologie ! Jamais, je n'ai dit de mal de mon ex-mari devant
mes filles !

Aurore était trop petite mais des flashs lui reviennent parfois... j'ai honte, honte d'avoir fait
souffrir mes enfants, je déteste cette femme faible et crédule que j'ai pû être, mais le mal est
fait, je ne pourrai jamais revenir en arrière.
J'ai des enfants exceptionnelles ! Capables de comprendre ma vie et mes faiblesses, capables
de me pardonner mes erreurs ! J'ai énormément de chance !

Ma vie continue, belle comme jamais, je travaille, je vois régulièrement mes filles,
à la maison, c'est parfois un peu dur, être maman célibataire n'est pas facile,
Fabrice ne donne plus de signe de vie et tant mieux ! J'assume seule Maélys et
Alexandre, mais nous sommes bien mieux sans cet homme malfaisant !
Seul problème : mon fils ne connaît pas son père, il n'a jamais dit papa.
 C'est un enfant un peu dur et je ne suis pas une personne autoritaire...parfois les choses
sont un peu compliquées avec lui, mais j'essaie de m'en sortir du mieux que je le peux.

Pourtant dans ma petite vie tranquille un drame est sur le point d'arriver...

CHAPITRE 21 : Lorsque il est parti...

Je vois toujours Gaël mais je me suis faite une raison. Je papillonne avec d'autres hommes,
rien de sérieux dans ma vie sentimentale. Au fond de mon cœur je suis toujours amoureuse

de lui. Il reste mon ami, certains soirs mon amant, mais j'ai un peu baissé les bras avec lui.
Je pense qu'il a envie de s'amuser, qu'il n'est pas prêt. Peut être plus tard, lorsque mes
enfants seront plus grands....Il fait parti de ma vie, il connaît Alexandre et Maélys, mes
amies proches, c'est un habitué du bar PMU. Je n'ai jamais de relation pour le sexe,
c'est encore un moyen de combler mon manque affectif.

Je vis parfois quelques histoires brèves, mais je sais que Gaël n'aurait qu'un mot à
dire pour que je fasse ma vie avec lui.
Je me confie souvent à Isabelle, ma collègue et meilleure amie. Elle sait à quel point
il compte pour moi, d'ailleurs qui ne le sait pas ?

Depuis 3 ans, il reste le seul homme que j'aime, il est souvent jaloux de mes autres relations,
mais il les accepte, il ne peut pas me donner ce que j'attends de lui et il le sait. Je pense qu'il
à un blocage avec mes enfants, son père est décédé lorsqu'il était jeune, il était très
proche de lui, il a sombré depuis dans beaucoup d'addictions drogues, alcool...il se sent
instable et ne veut pas m'imposer une telle vie.

Je me souviens de ce soir là, Gaël est assis à la terrasse du café, il boit un verre avec un
ami. J'ai fini mon service, il me demande si il peut passer chez moi dans la soirée, mais
je suis fatiguée, il fait chaud, nous sommes au mois d'août, j'ai envie de rentrer me
reposer au frais et rien d'autre.... c'est la dernière fois que je le verrai...

Ce matin là, je ne travaille pas, j'amène mon fils prendre le bus pour le centre de loisirs.
cela nous fait du bien à tous les deux, ma fille dort encore. Je m'apprête à retourner chez
moi, lorsque je reçois un appel d'Isabelle, elle me demande si Alexandre est bien parti au
centre. Elle veut que je vienne la voir au PMU, je ne suis pas surprise, je m'y rend
souvent lors de mes jours de repos, il ne s'agit pas que de mon lieu de travail, c'est
aussi notre quartier général.

Je croise un ami à moi juste avant d'arriver au bar, il prend un air grave lorsqu'il me croise
et me tapote l'épaule avec un air compatissant. Je suis surprise, mais je ne me pose pas trop
de questions, comment aurais je pu savoir ce qui m'attendait....
Je rentre, Isabelle est occupée à la caisse, avant même que je m'approche d'elle, elle me
demande de monter à l'étage, nous devons parler. Son visage est crispé, ai je fais une erreur
de caisse ? Les comptes ne sont ils pas justes ? Je suis un peu inquiète en montant les
escaliers, elle semble tendue, elle est très silencieuse.

Soudain elle me parle :

- J'ai quelque chose à t'annoncer, Lola, mais je ne sais pas comment te le dire , ma pauvre !

Nous continuons d'avancer jusqu'au fond de la pièce et la elle me prend dans ses bras et
s'effondre en larmes

Je lui dit :

- Dis moi Isa, qu'est qui se passe ? »

- C'est Gaël, Lola, il a eu un accident hier soir, il est mort.

Je reste là pendant au moins trois minutes, sans la moindre réaction, raide, les bras le long du corps, je ne peux pas y croire.
Je vais rester des heures à l'étage, incapable de descendre, en compagnie de Florent, l'ami compatissant que j'avais croisé dans la matinée.

Je mets énormément de temps à me remettre de cette perte. Je dois continuer de vivre malgré tout. La journée je travaille, il m'arrive de fixer le tabouret ou il s'asseyait,
Je me surprends parfois à espérer le voir entrer. Le soir, lorsque mes enfants sont couchés, je laisse aller mon chagrin, je pleure, j'ai envie de crier, mes tripes se tordent dans mon ventre, mon cœur est brisé en mille morceaux !

Isabelle me confiera plus tard qu'elle a défendu à quiconque de m'annoncer la nouvelle avant elle. Je pense qu'elle pressent ma douleur Durant trois années, elle a été là, à écouter mes déboires avec lui, elle m'a parfois réconfortée et conseillée. Elle sait mieux que personne, la place qu'il avait dans ma vie.

Je vais passer sur les quatre années qui ont suivies, sur mes rechutes et sur ma brève relation avec un pervers narcissique qui détestait mon fils et que je maudis aujourd'hui.
Je ne vais raconter que des belles choses, car il y a une fin heureuse à toutes ces tragédies....

CHAPITRE 22 : Happy end.

Je vais avoir quarante trois ans ans, le bar PMU vient d'être racheté, mais les recettes ne sont pas satisfaisantes, il y a des rumeurs de fermeture et de licenciement qui flottent dans l'air.
Je suis célibataire depuis bientôt un an, lors de mes débuts dans cet emploi, un homme attire mon attention, il s'appelle Axel, plutôt grand, charmant, châtain, un beau regard vert, je suis séduite mais Isabelle parle avec lui, il n'est pas libre. Je laisse donc tomber toute idée de relation avec lui, la vie continue, il reste un fidèle client mais rien de plus.

Je suis plutôt réticente à entamer une nouvelle histoire sentimentale, retomber amoureuse ne me tente pas vraiment. Je suis traumatisée par mon passé, par la mort de Gaël et ma dernière relation c'est très mal terminée.
Lorsque mon amie Isabelle, vient me dire un beau matin :

Axel est célibataire !

Elle a une lueur dans les yeux que je lui connais bien, une lueur qui signifie : allez ma grande !
Il est grand temps de remonter en selle ! Axel est célibataire depuis des mois, il m'a toujours plu et je ne me suis même pas rendu compte qu'il était disponible !
Comment vais je m'y prendre pour lui parler ? Je ne suis pas douée pour accoster un homme et il est assez réservé.
L'occasion se présente un samedi matin, il arrive au bar, il rentre de boîte, il est un peu éméché !
Cette situation me rend un peu plus confiante et lui, un peu plus expansif.

Je ne travaille pas ce jour là, je suis juste venue voir ma mère et mon amie. Je finis par m'asseoir à côté de lui et nous commençons à discuter. Nous sommes restée des heures à parler, à nous confier l'un à l'autre, il m'avoue que je lui plaît depuis longtemps, je lui dit que c'est réciproque. Le soir, je l'invite chez moi et nous ne nous sommes plus quittés !
Il a neuf ans de moins que moi, mais entre nous une grande histoire d'amour débute.
Le grand amour, le vrai ! Celui que l'on ne rencontre qu'une fois ou deux dans sa vie !

Il a vécu, beaucoup voyagé, il est très indépendant, tout l'inverse de moi !
Pourtant nous ne pouvons plus nous passer l'un de l'autre !
Nous traversons des moments très difficiles, je n'ai pas confiance aux hommes et il aime sortir avec ses amis, nous frôlons je ne sais combien de fois la rupture, je deviens parfois folle. Mais l'amour qui nous uni est plus fort que tout !

Il a su faire preuve d'une infinie patiente, parfois moi aussi. Nous sommes complémentaires.
Je l'aime comme jamais je n'ai aimé un homme.
Je me rends compte que mes anciennes relations n'étaient pas aussi fortes, que j'ai parfois éprouvé une forte dépendance affective plutôt qu'un réel amour., que je n'ai été réellement amoureuse que peu de fois dans ma vie.

Notre amour est exclusif, jamais je ne pourrai le tromper ou me donner à un autre homme !
Nous avons une admiration mutuelle l'un pour l'autre.
Depuis 5 ans, l'amour, le vrai est à côté de moi ! Axel est un client du bar depuis mon embauche.
Il m'apprend à aimer d'une autre façon, je dois avouer que c'est plutôt dur pour moi ,
Mais peu à peu nous avançons malgré tout.

Je suis licenciée, Axel vit chez moi, à la suite d'une visite chez ma fille Coralie, il me propose de déménager à Albi, 1 an après nous y habitons, je suis prés de mes filles.
Je viens d'être grand-mère, ma fille aînée a eu une petite fille Lou, que j'adore !

Aujourd'hui je suis toujours avec lui, je ne sais pas ce que l'avenir me réserve, mais je pense qu'il est l'homme de ma vie ! Nous habitons une jolie maison au bord de l'eau, mes filles ont fait leur vie. Comme je l'ai déjà dit, Coralie est maman, elle attend même son second enfant, je suis guérie de mon agoraphobie. Aurore vient très souvent avec son

compagnon, Maélys vit avec son copain à Albi.
Je précise malgré tout, que j'ai entrepris une thérapie avec une psychologue exceptionnelle prénommée Estelle.

Nous avons une vie de famille, normale, des repas de famille à la maison, je me régale de préparer des petits plats à mes enfants !
Mon parcours de vie a été chaotique, souvent très douloureux, mais aujourd'hui je suis enfin heureuse ! Mon fils Alexandre va bientôt avoir treize ans. Je l'élève depuis sa naissance, pour moi, c'est une revanche sur la vie ! Il me porte un amour inconditionnel et je l'aime d'une force inimaginable . Nous n'avons plus de nouvelle de Fabrice depuis dix ans.

Si mon existence m'a apprit quelque chose, c'est de ne jamais perdre espoir !
Qu'il ne faut pas rester avec un homme violent Que l'agoraphobie et les attaques de paniques ne sont pas une fatalité, on peut en guérir ! Pour ma part c'est la kinésiologie qui m'a aidé
il ne faut pas se décourager, il faut essayer plusieurs méthodes, un jour vous trouverez celle qui vous convient. J'en ai moi-même essayé plusieurs.

La vie est parfois dure, mais elle vaut la peine d'être vécue ! Vous êtes tous uniques,
Ne laissez jamais personne vous dire que vous ne valez rien ! Ne laissez jamais personne vous humilier ou vous détruire. Battez vous ! Battez vous de toutes vos forces ! Je ne sais pas ce que ma vie aurait pu être si je n'avais pas perdu la garde de mes filles, mais je sais que je n'aurai pas eu d'autres enfants, je sais que je n'aurai jamais craqué sur Fabrice. Je ne peux regretter la naissance de Maélys et Alexandre, je ne veux retenir que ce côté positif. L'amour que je porte à mes quatre enfants à été un moteur dans ma vie. Grâce à eux, je n'ai pas sombré dans l'alcool où dans la drogue, ils ont été ma force, mon espoir, je leur doit tout ! Grâce a eux, je suis à nouveau en vie !

Je me suis accrochée aux hommes de ma vie comme à des bouées de sauvetage, car je n'avais plus rien , vous Mesdames, Mesdemoiselles, soyez indépendantes, sachez vivre seules plutôt que mal accompagnées ! N'hésitez pas à consulter si vous souffrez de dépendance affective. Si au contraire vous rencontrez l'amour de votre vie, s'il est gentil, respectueux, si ses qualités surpassent ses défauts, sachez lui pardonner quelques erreurs. L'être humain est imparfait. Je suis dans le pardon, mais je n'ouvrirai plus ma porte aux personnes indésirables. Je ne souhaite que paix et harmonie.

Peu importe qui vous êtes où les fautes que vous pouvez commettre, vous avez droit au bonheur. Il faut toujours s'accrocher, toujours espérer !
Il faut savoir pardonner aux autres, mais surtout savoir se pardonner.
Nous ne pouvons nous battre qu'avec les armes que nous détenons...il faut vivre la vie de quelqu'un avant de la juger...

A mes quatre enfants...

Lola.

PRISONNIERE

Sommaire

- Chapitre 1 : Une blessure profonde
- Chapitre 2 : Premiers amours
- Chapitre 3 : Elisabeth et Lucien
- Chapitre 4 : Quand soudain tout bascule
- Chapitre 5 : Le viol
- Chapitre 6 : La déchirure
- Chapitre 7 : Mes vieux démons
- Chapitre 8 : La rencontre de trop
- Chapitre 9 : L'adultère
- Chapitre 10 : Le chaos
- Chapitre 11 : Quand le diable entre dans ma vie
- Chapitre 12 : Totale destruction
- Chapitre 13 : Errance
- Chapitre 14 : Retour en enfer
- Chapitre 15 : La renaissance
- Chapitre 16 : Papa est mort
- Chapitre 17 : La rechute
- Chapitre 18 : Le déclic
- Chapitre 19 : Ma nouvelle vie
- Chapitre 20 : Les retrouvailles
- Chapitre 21 : Lorsqu'il est parti
- Chapitre 22 : Happy end

© 2016, Lola N'Guyen

Edition : BoD - Books on Demand
12/14 rond-point des Champs Elysées, 75008 Paris
Imprimé par Books on Demand GmbH, Norderstedt, Allemagne
ISBN : 9782810626946
Dépôt légal : Janvier 2016